ANJA JUNGBECK

Als Mama glücklich und gelassen durchs Jahr!

365

WUNDERVOLLE IDEEN,
TIPPS UND ÜBUNGEN
für mehr Glück, Zufriedenheit und
Leichtigkeit im Mama-Alltag –
ein besonderes Geschenkbuch

GARS
VERLAG

Impressum
Deutschsprachige Erstausgabe 2022

Anja Jungbeck wird vertreten durch:
GARS Verlag
c/o Block Services Stuttgarter Str. 106
70736 Fellbach
E-Mail: info@gars-verlag.de

Covergestaltung und Satz: Wolkenart - Marie-Katharina Becker, www.wolkenart.com
Bildmaterial und Illustrationen: ©Shutterstock.com (Tina Bits, Mariia Ronina, Yuliya Derbisheva VLG, Artnizu. Naticka, Art Houze)
Lektorat: Rieke Conzen
Korrektorat: Rieke Conzen

Herstellung und Verlag: GARS Verlag
1. Auflage
ISBN: 978-3-9823631-8-9
Verantwortlich für den Druck: Amazon Distribution GmbH, Leipzig

INHALTSVERZEICHNIS

VORWORT

Ich freue mich von Herzen, dass du dieses Buch in den Händen hältst. Vielleicht bist du durch Zufall darauf gestoßen, oder der Titel ist dir ins Auge gesprungen. Auch wenn wir uns vielleicht gar nicht persönlich kennen, haben wir bereits eine Gemeinsamkeit: unser Frau- und Muttersein. Uns beide verbinden die vielen wunderbaren Momente mit unseren Kindern, aber auch die etlichen Herausforderungen, die das Mamasein tagtäglich mit sich bringt. Die Liebe zu unseren Kindern treibt uns an, jeden Tag unser Bestes zu geben – manchmal allerdings auch darüber hinaus. Die verschiedenen Bedürfnisse der Familie, die zahlreichen Aufgaben rund um den Haushalt und vielleicht noch die eigene Berufstätigkeit – das alles unter einen Hut zu bringen, ohne sich selbst dabei zu vergessen, ist nicht immer einfach. Hinzu kommen die vielen Fragen: Was ist das Beste für mein Kind? Wie kann ich auch für mich sorgen, ohne dass mir ständig das schlechte Gewissen reinfunkt? Woher kommt überhaupt mein schlechtes Gewissen? Wie gelange ich zu mehr Freude und Leichtigkeit im Alltag? Was habe ich eigentlich für Wünsche und Ziele in meinem Leben?

Die vielen gut gemeinten Ratschläge und Tipps von Freunden, Bekannten und Verwandten mögen zwar den Alltag vereinfachen, bringen jedoch nicht die Freude ins Leben, nach der du dich vermutlich wirklich sehnst. Auch wenn uns das Muttersein miteinander verbindet, sind wir dennoch ganz unterschiedlich. Wir alle haben unsere Geschichte, die uns zu der Frau und Mutter macht, die wir heute sind. Und genau dort beginnt unsere Reise – deine ganz individuelle Reise in ein glückliches und leichteres Leben als Frau und Mama.

Egal wo du dich gerade befindest – ob dein Baby gerade auf die Welt gekommen ist oder dein Kind das Haus verlässt, ob du dich gestresst fühlst oder dich einfach mit deiner Rolle als Frau und Mutter beschäftigen möchtest: Dieses Buch ist ein absolutes Herzensprojekt. Es ist das Buch, das ich zu Beginn meines Mama-Daseins so sehr gebraucht hätte. Ich wünsche mir zutiefst, dass es dein Mama-Herz berührt und du auf deine Fragen Antworten findest.

Als Mutter und erfahrene Coachin weiß ich, dass deine Zeit ein kostbares Gut ist. Daher ist das Buch so konzipiert, dass du in 365 kurzen, überschaubaren Abschnitten wertvolle Inspirationen und Anregungen erhältst, die dir einen achtsamen und liebevollen Umgang mit dir ermöglichen. Das Buch ist wie ein kunterbunter Blumenstrauß – bestückt mit vielen wunderbaren, im Alltag leicht umsetzbaren Ideen, Reflexionsübungen, erprobten Strategien und zahlreichen Alltagsbeispielen, in denen du dich sicherlich wiederfindest. Du kannst das Buch von vorne nach hinten lesen, oder du suchst dir die Passagen heraus, die du für deine aktuelle Situation gerade brauchst.

Ich möchte dich begleiten – mit Wertschätzung für den Weg, der hinter dir liegt – und gleichzeitig möchte ich dich begeistern und inspirieren für das, was vor dir liegt. Finden wir gemeinsam heraus, was du brauchst, um zu mehr Glück, Zufriedenheit und Leichtigkeit zu gelangen. Lege dir dafür gerne ein Begleitbuch an oder du nimmst einfach Stift und Papier zur Hand, um dir Notizen zu machen.

Bist du bereit für eine inspirierende Reise? Dann lass uns aufbrechen!

KAPITEL 1

Wo soll die Reise hingehen? Mehr Leichtigkeit, Glück und Zufriedenheit im Mama-Alltag, aber wo fange ich bloß an?

HILFE, ICH KANN NICHT MEHR! AUF GEHT'S ZU NEUEN UFERN

Ich weiß es noch, als wäre es gestern gewesen. Meine Tochter, knapp zwei Jahre alt, befand sich wieder einmal in einer äußerst „schwierigen" Entwicklungsphase. Die Tage und Nächte waren ziemlich anstrengend. So kam es, wie es kommen musste: In einer dieser Nächte begann wie verrückt mein Hals zu schmerzen. Statt in den Schlaf zu finden, wälzte ich mich unruhig hin und her. Gedanklich war ich schon beim nächsten Tag und ging all die Aufgaben und To-dos durch, die ich zu erledigen hatte. Dass ich jetzt krank wurde, passte mir so gar nicht in den Kram. Irgendwann schlief ich völlig erschöpft ein – aber nicht lange. Schon hörte ich, wie zwei kleine nackte Füße ins Zimmer hereintapsten. „Mama, ich habe Hunger", flüsterte meine Tochter. Ich rappelte mich langsam auf und dachte wie so oft im Stillen: „Reiß dich zusammen, da musst du jetzt durch." Doch heute war es anders, als an den Tagen zuvor. Mir fehlte einfach die Kraft zum Aufstehen und ich begann bitterlich zu weinen. Neben all diesen wunderbaren Momenten und den tagtäglichen Herausforderungen, die ich als Mama erleben durfte, wurde mir eines klar: Irgendwo dazwischen habe ich mich selbst verloren. Während ich mit verweintem Gesicht vor meiner Tochter saß, traf ich eine wichtige Entscheidung, die mein ganzes Leben veränderte: So wollte ich nicht mehr weitermachen.

Vielleicht kennst du so eine ähnliche Situation aus deinem Alltag als Mutter oder du steckst gerade in solch einer Lage. Dann möchte ich dir hier und jetzt sagen: *Ich sehe dich und fühle mit dir.*

Wenn du gerne etwas in deinem Leben verändern möchtest, benötigst du eine klare Ausrichtung. Wo willst du hin? Was ist deine Vision? Wovon willst du mehr in deinem Leben, wovon weniger? Und wie fängst du am besten damit an? Um diese Fragen beantworten zu können, werden wir in diesem Kapitel deine aktuellen Herausforderungen etwas näher betrachten und diese in motivierende Wünsche und Ziele verwandeln – damit du aufbrechen kannst in ein neues, leichtes Leben als Mama und Frau.

 # 1 Eigentlich solltest du doch zufrieden sein?
Einen sicheren Job, ein Dach über dem Kopf, gesunde Kinder und eine gut funktionierende Partnerschaft – eigentlich hast du doch alles, was dich glücklich macht, oder? Oft höre ich: „Man sollte doch zufrieden sein mit dem, was man hat." Natürlich ist es wichtig, dankbar zu sein für all das, was du in deinem Leben hast. Aber vielleicht sehnst du dich trotzdem nach mehr Glück und Zufriedenheit als Frau und Mutter? *Daraus darfst du eine große Sache machen, denn dein Leben ist nicht irgendein Leben – es ist deines und das darf schön sein!*

 # 2 Wie ist dein Leben als Mama?
Wie würdest du aktuell dein Leben als Mutter beschreiben? Verrückt, chaotisch, kompliziert, kunterbunt, leicht, anstrengend, schwer, verwirrend? Ergänze einmal den Satz: **Mein Leben als Mama ist ...** *Welches Bild vom Muttersein würde dich glücklich und frei machen?*

 # 3 Wie geht es dir wirklich?
Vermutlich kennst du das: Auf die Frage, wie es dir so geht, antwortest du oftmals schon total automatisch mit: „Ja, alles gut." Doch tief in dir schaut es vermutlich nicht immer so aus. Tendenziell neigen wir nämlich eher dazu, die Dinge zu

schlucken. Einfach einmal alle Gedanken unzensiert aufzuschreiben, kann daher unglaublich befreiend sein. *Wie geht es dir **wirklich**?*

4 Annehmen, wie es gerade ist

Wir kämpfen so häufig gegen das Leben. Gegen den anstrengenden und lauten Alltag. Gegen den fiesen Chef. Gegen unsere vielen Selbstzweifel. In der Tat, das Leben ist manchmal verdammt hart. Dennoch möchte ich dich einladen, diesen Kampf für ein paar Momente loszulassen. Vielleicht bist du von der obigen Aussage etwas irritiert und fragst dich: „Wie soll ich denn etwas annehmen, das ich nicht haben möchte?" Doch jeder Kampf macht müde und nährt all das, was du eigentlich gar nicht (mehr) haben willst. *Was wäre, wenn alles so sein dürfte, wie es gerade ist? Was verändert sich dadurch in dir?*

5 Ein Leben auf dem Highway

Wusstest du, dass du tagtäglich unglaublich viele Entscheidungen triffst, deren Ausmaß dir manchmal gar nicht bewusst ist? Du lässt die lang ersehnte Yogastunde sausen, weil dein Mann nicht pünktlich aus dem Büro gekommen ist. Du organisiert die Weihnachtsgeschenke für die Lehrer, backst den Kuchen für das Schulfest – und das alles, obwohl zu Hause genug Arbeit auf dich wartet. Irgendwie fühlt sich das an wie ein Leben auf der Überholspur. *Doch hast du dich schon einmal gefragt, warum du das tust, was du tust?*

6 Wofür stehst du morgens auf?

Was holt dich morgens aus dem Bett? Was gibt dir Antrieb? Vielleicht fällt es dir schwer, hier und jetzt konkrete Antworten auf diese Fragen zu finden. Damit bist du nicht allein. Vermutlich liegt es daran, dass sich viele von uns Müttern gar nicht trauen, sich diese Frage zu stellen, oder aber einfach nur funktionieren, ohne genau zu wissen, warum und wohin sie überhaupt möchten. Das führt dazu, dass wir uns in einem Hamsterrad befinden, dessen Ausgang nur schwer zu finden ist. Das stresst und macht ziemlich unzufrieden.

 # 7 Ein Ja zu dir verändert (fast) alles

Alles im Leben ist abhängig von Entscheidungen. Dass du heute die Mutter und Frau bist, ist das Resultat der vielen kleinen und größeren Entscheidungen, die du in deinem Leben getroffen hast. Wenn du dich nach einem glücklichen Leben sehnst, dann erlaube dir hier und jetzt, es führen zu dürfen. Das ist der erste und wichtigste Schritt auf dem Weg zur Veränderung. Sag Ja zu dir und deinen Wünschen und Bedürfnissen. Es mag sein, dass das nicht immer der bequemste Weg ist, aber es ist der weitaus gesündere, um langfristig zufrieden zu sein. *Wer würde denn noch profitieren, wenn es dir gut geht?*

 # 8 Mama, wie geht glücklich sein?

Wenn ich Mütter frage, was ihnen in ihrem Leben wichtig ist, bekomme ich sehr häufig zu hören: „Meine Kinder sollen glücklich sein." Doch wie können wir unsere Kinder darin bestärken, ihren Lebensweg zu gehen, wenn wir selbst mit unserem Lebensweg nicht zufrieden sind? Wie können wir ihnen zeigen, was die Zutaten für ein glückliches, zufriedenes Leben sind, wenn wir sie selbst nicht kennen? Wäre es nicht wunderbar, wenn wir eine glasklare Antwort auf die Fragen unserer Kinder hätten?

9 Die Suche nach dem Glück

Manchmal finden wir im Leben nicht, wonach wir suchen, weil wir an der falschen Stelle suchen oder weil wir dachten, wir hätten es gefunden, doch dann stellt sich heraus, dass es doch nicht das war, nachdem wir gesucht haben. Manchmal erkennen wir das Glück nicht, weil wir den Wald vor lauter Bäumen nicht sehen. Das mit dem Glück ist manchmal echt eine paradoxe Sache, findest du nicht?

10 Was bedeutet für dich ein glückliches Leben?

Vielleicht liegt es aber auch einfach daran, dass wir gar nicht wissen, was Glück überhaupt ist. *Was bedeutet für dich „glücklich sein"?* Frage dich in den nächsten Wochen immer wieder: Wo und wann geht dein Herz auf? Bei welchen Tätigkeiten vergisst du die Zeit? Was treibt dir Tränen in die Augen, weil dich etwas so sehr berührt? *Und vor allem: Was kannst du heute schon tun, um glücklich zu sein, vielleicht sogar, nachdem du dieses Buch aus der Hand gelegt hast?*

11 Eines Tages oder Tag eins?

Oft leben wir nicht im Hier und Jetzt, um den Moment zu genießen. Wir warten, bis die Kinder endlich im Bett sind. Wir freuen uns auf das langersehnte Wochenende und erlauben uns erst im Urlaub, richtig durchzuatmen. Die Weltreise machen wir dann, wenn die Kinder aus dem Haus sind. So oft warten wir. In dem Buch *„5 Dinge, die Sterbende am meisten bereuen"* von Bronnie Ware, ist es vor allem das „ungelebte" Leben, das Sterbende am meisten vermissen. Wir alle sollten uns immer wieder bewusst machen, dass unser Leben nicht unendlich ist. *Also auf was noch warten?*

BEI DIR ANKOMMEN

 # 12 Übung: Wo stehst du eigentlich?
Für unsere Reise zu einem gelasseneren und glücklicheren Mama-Leben reicht es nicht aus, nur das Reiseziel zu kennen. In dein Navigationsgerät gibst du ja auch nicht nur den Zielort, sondern auch deinen aktuellen Standort ein. Die passende Reiseroute könnte sonst gar nicht berechnet werden. Daher möchte ich dich einladen, für einige Momente aus deinem Mama-Alltag auszusteigen und einen liebevollen Blick auf dich zu richten. Beantworte intuitiv folgende Fragen:

- Auf einer Skala von 0 bis 10: Wie hoch ist dein momentanes Energielevel? (0 = Ich bin total unzufrieden und habe keine Energie. 10 = Ich bin mit meinem Energielevel absolut zufrieden.)
- Was sind momentan deine drei Top-Herausforderungen?

 # 13 Übung: Das Lebensrad
Um noch etwas tiefer in deinen jetzigen Ist-Zustand einzutauchen, werfen wir einen genaueren Blick auf die einzelnen Lebensbereiche in deinem Leben. Denn durch den turbulenten Alltag geraten unsere Ziele und Prioritäten oftmals aus dem Blickfeld. Hierbei hilft uns das Konzept *„Rad des Lebens"*, das von Paul J. Meyer entwickelt wurde. Es dient dazu, dir einen visuellen Überblick über deine aktuelle Lebenssituation zu verschaffen und der „Unzufriedenheit" auf die Spur zu kommen. Unser Leben lässt sich in sieben Lebensbereiche einteilen:

- Freunde/Freundinnen
- Gesundheit/Fitness
- Zeit für mich/persönliche Weiterentwicklung
- Familie/Kinder
- Berufliche Erfüllung
- Partnerschaft
- Wohnen

Falls du einen Lebensbereich vermisst, schreibe ihn gerne dazu.

DAS RAD DES LEBENS

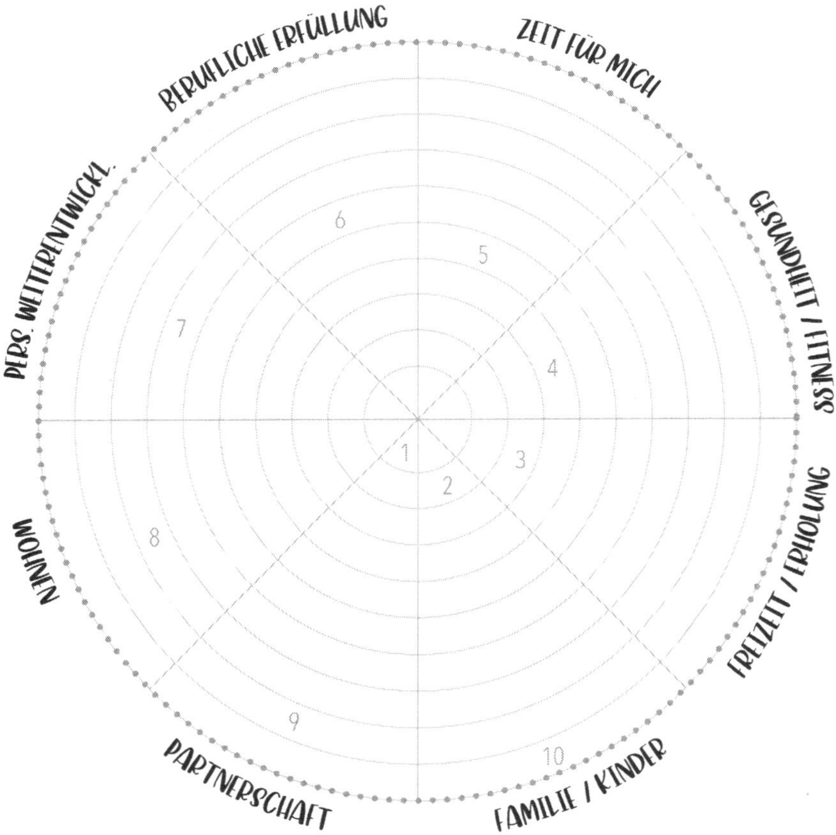

Wie wichtig ist dir der jeweilige Bereich?
Markiere zunächst, welche Bereiche für dich momentan wichtig sind. Bedenke, dass sich das im Laufe des Lebens auch immer mal wieder verändern kann. Wichtig: Lass dich von d*einem Gefühl* leiten!

- Beginne mit einem Lebensbereich deiner Wahl
- Auf einer Skala von 0 bis 10: Wie wichtig ist dir der jeweilige Lebensbereich?

(0 = unwichtig. 10 = sehr wichtig.)

- Schreibe die Zahl neben das jeweilige Feld
- Gehe alle weiteren Lebensbereiche durch

 # 14 Übung: Wie zufrieden bist du in dem jeweiligen Lebensbereich?
Nun geht es darum, herauszufinden, wie zufrieden du gerade in den jeweiligen Lebensbereichen bist. Wichtig: Lass dich von d*einem Gefühl* leiten!

- Beginne mit einem Lebensbereich deiner Wahl
- Auf einer Skala von 0 bis 10: Wie zufrieden bist du in dem jeweiligen Lebensbereich?

(0 = Ich bin total unzufrieden. 10 = Ich bin absolut zufrieden.)

- Markiere intuitiv die Zahl in der Skizze
- Gehe alle weiteren Bereiche durch

15 Was du brauchst, um zu strahlen

Das Rad des Lebens zeigt auf, was uns aus der Balance gebracht hat. Schenken wir einem Bereich zu viel Aufmerksamkeit, gerät unser Leben schnell in ein Ungleichgewicht. Gleiches gilt allerdings auch, wenn wir alle Bereiche als gleich wichtig empfinden. Das schürt oftmals unrealistische Erwartungen und Ansprüche und setzt einen Prozess in den Gang, der zu Überlastung und Erschöpfung führt. Wir brauchen ein ausgewogenes Verhältnis zwischen den verschiedenen Lebensbereichen, um unsere ganze Strahlkraft zu erlangen. Fokussiere dich daher zunächst auf einen Lebensbereich. *In welchem der Lebensbereiche wünscht du dir am stärksten Veränderung?*

16 Das Leben ist bunt – auch mit deinen Herausforderungen

Wenn du nun das Lebensrad als Ganzes betrachtest, wirst du feststellen, dass deine Herausforderungen gar nicht mehr so übermächtig erscheinen. Das liegt unter anderem auch daran, dass wir im Alltag ständig mit unserem Problemthema konfrontiert werden. Dadurch fehlt häufig eine ganzheitliche Perspektive auf die Gesamtsituation. *Was verändert sich bei dir, wenn du ganzheitlich auf dein Lebensrad blickst?*

17 Verborgene Schätze entdecken

Das Rad des Lebens zeigt nicht nur an, was du gerne verändern möchtest, sondern eben auch all die Bereiche, mit denen du schon sehr zufrieden bist. Diese Lebensbereiche sind es, die uns Kraft für unsere weitere Reise geben. Vielleicht bist du mit deiner Partnerschaft sehr glücklich? Damit hast du eine Person, die dir den Rücken stärkt und dich ermutigt, deine

Ziele zu verfolgen. Vielleicht hast du eine Arbeit, die du gerne machst? Auch das gibt dir die notwendige Energie, in anderen Lebensbereichen etwas zu verändern.

18 Übung: Aktiviere deine Schöpferkraft

Aus den vorigen Übungen weißt du bereits, was in deinem Leben noch nicht so läuft und wie du es gern hättest. Die folgende Aufgabe soll dir noch einmal helfen, deine Ergebnisse aus den vorherigen Übungen zusammenzufassen. Werde nun noch einmal etwas konkreter: *Was möchtest du nicht mehr? Was möchtest du stattdessen?*

19 (Fast) alles ist lösbar

Auch wenn es sich manchmal nicht so anfühlt, sind letztendlich fast alle Herausforderungen lösbar. Erinnere dich daran, durch welche Täler du bereits gegangen bist, in denen du dachtest, es würde nicht mehr weitergehen. Vermutlich hast du im Laufe der Zeit passende Lösungen gefunden oder das Problem hat sich von allein gelöst. Bedenke stets: *Das Problem ist nicht das Problem selbst, sondern liegt vor allem darin begründet, dass noch keine Lösung gefunden wurde.*

FINDE DEINEN INNEREN KOMPASS

 # 20 Deinen Nordstern zum Leuchten bringen

Lebst du bereits nach deinen Werten? Werte sind all unsere Einstellungen und Verhaltensweisen, die wir als wertvoll betrachten. Sie geben uns Orientierung, vergleichbar mit dem Nordstern am Himmel. Werte sind also so etwas wie ein geistiges Rückgrat, das unseren Blick auf das Wesentliche in unserem Leben lenkt. Deine eigenen Werte zu kennen und dich nach ihnen auszurichten, kann dir dabei helfen, dir den Weg in ein unbeschwertes, zufriedenes Leben zu leuchten.

 # 21 Übung: Welche Werte sind dir wichtig?

Deinen inneren Kompass nordest du ein, indem du dich mit deinen Werten auseinandersetzt. Gehe dafür folgendermaßen vor:

Aufgabe: Werte entdecken

- Schritt 1: Markiere zehn Werte, die dich intuitiv ansprechen.
- Schritt 2: Suche dir von den zehn Werten diejenigen aus, die für dich höchste Priorität haben und dir so wichtig sind, dass sie nicht verhandelbar sind.

Hier ein Auszug von Werten:

Authentizität	Begeisterung	Aufgeschlos-senheit	Erfolg
Dankbarkeit	Aktivität	(Innerer) Frieden	Beharrlichkeit
Akzeptanz	Ehrlichkeit	Sympathie	Fürsorge
Empathie	Freundlichkeit	Gelassenheit	Gesundheit
Disziplin	Achtsamkeit	Leichtigkeit	Abenteuer
Bescheiden-heit	Freiheit	Harmonie	Demut
Fleiß	Humor	Lebenskraft	Freude
Gemütlichkeit	Intuition	Flexibilität	Herzlichkeit
Familie	Liebe	Neugier	Leidenschaft
Hilfsbereit-schaft	Nachhaltigkeit	Genuss	Hingabe
Kreativität	Optimismus	Ruhe	Motivation
Loyalität	Selbstvertrau-en	Offenheit	Gerechtigkeit
Sorgfalt	Anerkennung	Vertrauen	Treue
Verantwortung	Teamgeist	Unabhängig-keit	Verlässlichkeit
Geduld	Coolness	Direktheit	Spiritualität

22 Deine Werte erforschen

Was wir unter den jeweiligen Werten verstehen, ist sehr individuell. Für den einen könnte beispielsweise Freiheit bedeuten, ausreichend Geld zu haben, um sich möglichst viele materielle Wünsche erfüllen zu können. Für jemand anderen ist Freiheit, mit seiner Familie auf der Welt umherzureisen und weitgehend unabhängig zu leben. *Was bedeutet der jeweilige Wert für dich?*

23 Alles hat seinen Preis

Wie alles andere hat auch ein Leben, das nach den eigenen Werten ausgerichtet ist, eine Kehrseite. Wenn dir beispielsweise Ehrlichkeit wichtig ist, kann es sein, dass nicht jeder diese Ehrlichkeit verträgt und es deswegen verstärkt zu Konflikten kommt. *Was sind die „Schattenseiten" der jeweiligen Werte, nach denen du dein Leben ausrichten möchtest?*

24 Deine Werte, meine Werte?

Häufig entsprechen die Werte, nach denen wir bisher gelebt haben, gar nicht unseren eigenen. Wir übernehmen unbewusst Werte unseres Umfelds, in dem wir aufgewachsen sind. Vielleicht hast du erlebt, dass deine Mutter sehr viel gearbeitet hat und dafür große Bewunderung erhielt. Der „Fleiß" ist damit zu einem bedeutsamen Wert geworden. Das Leben nach Werten auszurichten, die nicht unsere eigenen sind, kann sehr viel Lebensenergie rauben. Prüfe einmal nach: *Welche Werte aus deiner Kindheit übernimmst du bewusst für dein Leben? Welche Werte lässt du zurück?*

25 Die Werte in der Familie bestimmen

Die Auseinandersetzung mit deinen Werten ist auch im Zusammenleben mit deinen Kindern äußerst wichtig und hilfreich. Sie hilft dir, zu bestimmen, was du vielleicht anders machen möchtest, als du von zu Hause mitbekommen hast.[1] *Welche Werte sind für euer Familienleben maßgebend?*

26 Die Werte in der Familie leben – nicht immer einfach

Sich an den eigenen Werten orientieren, ist allerdings in der Praxis manchmal gar nicht so leicht. Beispielsweise das Thema Ehrlichkeit: Vielleicht ist es dir wichtig, dass deine Kinder immer die Wahrheit sagen. Du selbst kannst dich allerdings urplötzlich nicht mehr daran erinnern, wo das nervtötende laute Spielzeug von Oma hingekommen ist. Bedenke, dass die Werte in allererster Linie für das eigene Handeln gelten, denn Werte kannst du lediglich vorleben. So machst du den Kindern ein Angebot, damit sie daraus ihre eigenen Wertvorstellungen entwickeln können.[2]

27 Gute Entscheidung treffen

Werte beeinflussen signifikant unsere Entscheidungen und damit auch unsere Zielsetzungen. Wenn du nach deinen Werten lebst, wirst du schnellere und bessere Entscheidungen treffen können. Bist du ein ordnungsliebender Mensch und brauchst ein aufgeräumtes Umfeld, dann triff all die anstehenden Entscheidungen dahingehend. Ist dir Gesundheit für dich und deine Familie sehr wichtig, dann richte dein Leben danach aus.

Deine Herzenswünsche erblühen lassen

 # 28 Deine Vision vom Leben entwickeln

Wenn du keine Vision für dein Leben hast und demzufolge auch keine inspirierenden Ziele, gehst du häufig sehr planlos durch das Leben. In diesem Fall neigst du dazu, irgendwelchen Zielen nachzueifern, die oftmals gar nicht deine eigenen sind oder aber auch nicht zu deinen persönlichen Werten passen. *Nicht unser eigenes Leben zu leben, ist in der Tat einer der größten Glücksräuber in unserem Leben.*

 # 29 Übung: Eine kleine Zeitreise

Diese Übung soll dir helfen, zu erforschen, was dir in deinem Leben wirklich wichtig ist. Denn wir können unser Leben nur ausrichten, wenn wir wissen, wohin wir wollen. Dafür begeben wir uns auf eine kleine Zeitreise in die Zukunft. Nimm dir für diese Übung gerne Stift und Papier zur Hand und schreibe all deine Ideen auf. Lass dir für diese Aufgabe genügend Zeit.

Stell dir vor, du feierst heute deinen 85. Geburtstag. Du bist vollkommen erfüllt und im Reinen mit dir. Wenn du auf dein Leben zurückblickst, wie schaut dieses aus? Wo bist du? Was tust du? Mit wem bist du zusammen? Zu welchem Menschen möchtest du dich entwickelt haben? Wenn du als 85-Jährige auf dein jüngeres Ich von heute blickst, welche Entscheidungen waren damals notwendig und wichtig? Wie bist du vorgegangen?

30 Mache dir dein Leben bunt

„Mama, wenn ich groß bin, werde ich Feuerwehrmann." Kinder haben noch den unerschütterlichen Glauben daran, dass all ihre Träume wahr werden. Doch im Laufe der Zeit bleibt häufig von den Kindheitsträumen nicht mehr viel übrig, denn sie haben meist in unserem vollgepackten Alltag gar keinen Platz mehr. Doch Träume sind so viel mehr – sie sind der heimliche Zündstoff für unser Handeln.[3] *Bedenke: Dein Leben ist so bunt, wie du dich traust, es auszumalen.*

31 Nach was sehnst du dich wirklich?

Hinter unseren Träumen verbirgt sich oftmals eine tiefe Sehnsucht. Diese steht meist für ein ungelebtes Bedürfnis, das genährt werden möchte. Es ist eine Art Wegweiser in Richtung eines glücklichen, zufriedenen Lebens. Frage dich einmal: *Was in dir sehnt sich nach Ausdruck? An was musst du sehr häufig – vielleicht sogar täglich – denken? Was wäre dein tiefster Wunsch?*

32 Lass dich inspirieren

Wenn es dir schwerfällt, eine Vision für dein zukünftiges Leben zu entwickeln, setze zunächst alles daran, dich in einen guten energetischen Zustand zu versetzen. Frage dich dafür: *Was bereitet mir Freude? Was fasziniert mich? Was lässt mein Herz höherschlagen? Was waren meine Träume, bevor ich Mutter wurde?* Schreibe all deine Ideen auf – egal wie verrückt sie sind.

33 Suche dir Vorbilder

In der Kindheit sind es unsere Eltern, später dann Musikstars oder andere Berühmtheiten, die uns prägen. Vorbilder zu haben, ist nichts Verwerfliches, im Gegenteil. Vorbilder zu haben, kann unheimlich inspirierend und motivierend sein. Damit sind im Übrigen aber nicht jene Mütter gemeint, die scheinbar alles perfekt im Griff haben oder auf jedes Problem eine Antwort wissen. Nein, ich meine authentische Menschen, die dich von Herzen berühren. *Schau einmal in den nächsten Tagen, wer für dich zu so einer Inspirationsquelle werden kann.*

34 Die Wächterin deines Herzens

Jeder von uns hat so eine Stimme, die sich sehr kritisch zu unseren Ideen und Wünschen äußert. Wenn wir dieser Stimme die volle Aufmerksamkeit schenken, sinkt die anfängliche Euphorie schnell wieder ab. Ich bezeichne diese Stimme gerne als die „Wächterin unseres Herzens". Im Prinzip hat diese Wächterin auch gar nichts Böses im Sinn. Sie möchte dich lediglich vor unüberlegten Entscheidungen schützen. Daher nimm ihre Stimme zur Kenntnis und versichere ihr, dass du ihre Bedenken in deine Entscheidungen einfließen lässt.

 # 35 Übung: Herzensvision kreieren

Um deine Träume, Wünsche und Ziele in dein Leben zu holen, kannst du ein sogenanntes „Vision Board" erstellen. Das Vision Board ist eine kreative Collage aus Bildern, Zitaten, Zeichnungen und Worten, die deine innigsten Wünsche, Visionen und Werte verkörpern. Es soll dir den Mut und die Kraft geben, deine Ziele zu verfolgen.

Du benötigst folgende Materialien:

- DIN-A3-Plakat
- Schere, Stifte, Klebestift
- Zeitschriften (Reisemagazine, Magazine, die dich inspirieren etc.)

Anleitung:

Mach es dir bequem. Wenn du magst, kannst du dir schöne Musik anmachen. Suche aus den Zeitschriften passende Bilder, Zitate und Wörter aus, die deine inneren Träume und Sehnsüchte widerspiegeln. Lass dich dabei intuitiv leiten. Frage dich:

- *Wo zieht es mich hin?*
- *Wie möchte ich als Frau sein?*
- *Wer möchte ich für meine Kinder sein?*

Wenn du das Vision Board fertiggestellt hast, tritt einen Schritt zurück. *Wie fühlt es sich an, auf dieses Bild zu schauen?*

 # 36 Von der Vision zum Ziel

Damit deine Vision kein Traum bleibt, ist es nun an der Zeit, sie in ein konkretes, greifbares Ziel zu verwandeln. Folgende Fragen helfen dir dabei:

- *Wie genau soll das Ziel aussehen?*
- *Bis wann willst du dein Ziel erreichen?*
- *Was möchtest du mit dem Ziel erreichen?*
- *Frage dich, ob das Ziel realistisch erreichbar ist. (Deine innere Wächterin ist gefragt.)*
- *Gibt es Gründe, die gegen die Zielsetzung sprechen?*
- *Wenn es Gründe gibt: Was kannst du tun, um dennoch an deinem Ziel festzuhalten?*

 # 37 Wie willst du dich fühlen?

Wusstest du, dass die meisten Vorsätze nur deswegen scheitern, weil die Menschen sich nicht oder zu wenig mit ihrer Absicht beschäftigt haben? Dein *„Warum"* ist der wichtigste Antreiber für Veränderung. Es ist das Gefühl hinter dem Ziel, das uns die *notwendige Kraft* gibt, für unsere innigsten Lebensträume loszugehen. Insbesondere in den fiesen Momenten, in denen wir am liebsten alles hinschmeißen würden, hilft uns unsere Intention, an unserem Vorhaben festzuhalten. Frage dich: *Wofür tust du das alles? Was genau soll dir das Ziel geben? Soll es dir Freude, Ruhe, Ausgeglichenheit, … geben?*

38 Übung: Dein Raumschiff ins Glück

Verbinde dich nun mit deinem Ziel-Zustand. Stell dir dafür vor, vor deiner Wohnung steht ein kleines Raumschiff. Es ist dafür konzipiert, dich in deine Zukunft zu bringen. Voller Neugier und Zuversicht steigst du in das Raumschiff ein. Du schnallst dich an, drückst den Startknopf und fliegst los. Ein Jahr später steigst du aus. Dir geht es hier bereits richtig gut. Frage dich: *Woran wirst du merken, dass du dein Ziel erreicht hast? Was genau hat sich verändert?*

39 Jede Veränderung in dir bewirkt Veränderung im Außen

Jede Entscheidung, die du triffst, wirkt sich unwillkürlich auf deine Umgebung aus – auf deine Partnerschaft, deine Kinder und deine Freunde. Manches wird einfacher werden, andere Dinge werden sich für deine Familie zunächst befremdlich anfühlen. Kein Wunder – denn die Mama ist plötzlich nicht wie gewohnt greifbar. Vertraue darauf, dass sich zunächst alles erst neu sortieren muss, und das braucht Zeit. In dem Fall hilft es dir, dich wieder mit deinem Ziel zu verbinden, insbesondere mit dem Gefühl dahinter.

 # 40 Vertraue der Weisheit deines Herzens

Wenn wir Menschen in unserem Umfeld von unseren Plänen, Ideen oder Zielen erzählen, wird das nicht bei jedem auf Begeisterung stoßen. Einige von ihnen werden dein Vorhaben belächeln, andere wiederum werden dich so stark verunsichern, dass du selbst ins Zweifeln gerätst. Du wirst zu hören bekommen: „Das wird nicht funktionieren ... Denk doch mal an die Kinder ... Sei froh über das, was du hast." Doch niemand weiß, was das Beste für dich ist. Niemand weiß, was dich erfüllt oder welche Träume du im Herzen trägst. Bleibe daher bei dir und vertraue dir.

 # 41 Wünsche dir nicht nur die Veränderung – sei die Veränderung

Niemand sonst kann dein Leben zu etwas Besserem machen – nur du selbst! Ja, das Leben als Mama ist nicht immer einfach. *Doch wie soll morgen alles besser werden, wenn wir heute nicht bereit sind, eine Entscheidung zu treffen?* Bedenke: Auch ein Kapitän ist äußeren Einflüssen ausgesetzt. Er sieht es allerdings als seinen Job an, sein Schiff sicher und unversehrt in den nächsten Hafen zu bringen. Triff hier und jetzt eine klare Entscheidung und nimm das Steuer deines Lebens in die Hand!

 # 42 Werde zu der Frau und Mutter, die ihre Träume lebt

Du stehst nun an einem entscheidenden Punkt in deinem Leben. Die schönste Vision oder das attraktivste Ziel nutzt nichts, wenn wir nicht dafür losgehen. Du kannst mir glauben, ich kenne all die Sätze wie: „Ja, so einfach ist es nicht.", „Ja, ich müsste halt daran denken", „Na ja, ich weiß auch nicht so recht.". Aber was wäre die Alternative? Ersetze ab sofort jedes

„aber" mit den Worten *„Ich will"*. Nimm dir ein Beispiel an deinen Kindern – daran, wie hartnäckig sie sein können, wenn sie etwas unbedingt wollen. Denke immer daran: *Du darfst ein schönes Leben haben!*

 # 43 Die ersten Schritte in Richtung Ziel

- Was sind nun die ersten Schritte, die du tun kannst?
- Was brauchst du dafür?
- Welchen Schritt davon kannst du hier und jetzt machen?
- Wichtig: Bevor du dich heute Abend schlafen legst, gehe einen davon.

Bist du startklar?

Du hast nun Klarheit über deine Herzenswünsche und Ziele bekommen. Vielleicht fühlst du dich schon etwas leichter, mitunter fühlst du dich sogar ein bisschen beflügelt und aufgeregt auf das, was kommt?

Jetzt geht es darum, deine Koffer zu packen. Und wenn du mit deiner Familie auf die Reise gehst, dann weißt du sicherlich, wie viel dort zusammenkommen kann. Daher solltest du dir auch genau überlegen, was in deinen Koffer kommt. Mit Sicherheit gibt es da so einiges, was du auf der Reise zu deinem Ziel nicht (mehr) gebrauchen kannst. Und mit weniger Gepäck lässt es sich auch besser reisen, oder?

KAPITEL 2

Ballast loslassen und Koffer packen – Was nehme ich auf meine Reise zu mehr Leichtigkeit und Glück mit?

WAS MÜTTERN AUF DEN SCHULTERN LASTET

44 Übung: Wie sollte eine „gute Mutter" sein?

Hast du dir schon einmal die Frage gestellt, was deiner Meinung nach eine gute Mutter auszeichnet? Nimm dir Stift und Zettel zur Hand und beschäftige dich mit folgenden Fragen:

- Was sollte eine gute Mutter deiner Meinung nach tun?
- Welche Eigenschaften sollte sie haben?
- Was dürfen Mütter? Was dürfen sie nicht?
- Was davon löst bei dir Druck aus?

45 Zwischen den Rollen gefangen

Mütter sollen heute alles sein und alles können. „Eine ideale Mutter soll (...) nachmittags zu Hause, gleichzeitig aber auch erwerbstätig und unabhängig vom Mann sein."[4] Sie sollte eine liebevolle, umsorgende Mama sein, zugleich aber auch eine perfekte Liebhaberin und den Haushalt einwandfrei managen. Weicht sie von dieser Idealvorstellung ab, wird die Mutter schnell zur „Rabenmutter" bzw. „egoistischen Karrierefrau" oder aber auch zum „Heimchen am Herd" abgestempelt.[5] Irgendwie hat man ständig das Gefühl, zwischen den Rollen zu sitzen und es keinem recht machen zu können. *Doch woher kommt dieser Gedanke überhaupt, es jedem recht machen zu wollen?*

46 Das Muttersein muss doch glücklich machen!

Ein kleines Praxisbeispiel: Sandra ist Mama zweier Kinder und fühlt sich sehr abgespannt und ausgepowert. Auf die Frage, was sie genau stressen würde, bricht sie in Tränen aus. Sie vermisse sehnlichst ihren Lifestyle, das Abenteuer, die Ungebundenheit, die Freiheit. Stattdessen verbringe sie die Tage damit, Breireste aus Stuhlritzen zu kratzen und die

Filzstiftmalereien von der Wand wegzuwischen. Trotz vieler schöner Momente empfindet sie das Muttersein als wenig erfüllend. Sandra schämt sich zutiefst, diese Gedanken zu haben.

 # 47 Das große Tabu, über Gefühle zu sprechen

Für viele von uns Frauen ist es auch heute noch ein großes Tabu, über ihre Gedanken und Gefühle zu sprechen. Lieber beißen viele von uns die Zähne aufeinander und fressen ihre Sorgen und Ängste in sich hinein – nur um das Bild der glücklichen und zufriedenen Mutter aufrechtzuerhalten.[6] Doch etwas vorzugeben, was du nicht bist, macht auf Dauer sehr unglücklich, einsam und unzufrieden. *Einfach einmal auszusprechen, wie es dir wirklich geht, kann sehr entlastend und befreiend sein.*

 # 48 Nur das Beste fürs Kind

Vom Babyturnen bis zum Zwergerlsprachkurs – die Anzahl an Kursen und Angeboten, die Kinder betreffen, ist überwältigend groß. Schnell bekommt man den Eindruck, etwas zu verpassen, wenn eines der Angebote ausgelassen wird. Wenn die beste Freundin unseres Kindes bereits im Kindergartenalter Klavierunterricht hat, Tennis spielt und am Wochenende am Wettkampf-Turnen teilnimmt, macht sich schnell ein schlechtes Gewissen breit. Wir fragen uns: Fördern wir unser Kind etwa zu wenig? *Doch was ist eigentlich „das Beste" für dein Kind?*

 # 49 Mütter-Wettbewerbe

Wenn ich an meine eigenen Kindergeburtstage zurückdenke, verbrachten wir die Nachmittage mit Topfschlagen, der Reise nach Jerusalem und weiteren klassischen Spielen. Doch in heutiger Zeit ist das wohl ein alter Hut. Heute muss es schon etwas Ausgefallenes sein: die Geburtstagsparty auf dem Ponyhof, eine Zaubershow im eigenen Garten oder eine Prinzessin kommt zu Besuch. Es scheint zu einer Art Wettbewerb unter uns Müttern geworden zu sein, wer die schönere Geburtsfeier plant und abhält. Das kann uns ganz schön unter Druck setzen. *Doch was ist das, was bei dir wirklich an schönen Erinnerungen aus deiner Kindheit hängengeblieben ist?*

50 Wenn das Kind aus der Reihe tanzt

Wer kennt es nicht, das brave Kind von nebenan? Während unser Kind sich im Supermarkt auf den Boden schmeißt, wild um sich schlägt und alles andere ist als wohlgesonnen oder mit drei Jahren immer noch nicht durchschläft. Aussagen wie „Die hat ihr Kind nicht im Griff" können dann ganz schön verletzend sein. Dabei gibt es nicht das „Musterkind". Kinder lassen sich nicht in eine Schablone stecken. Und selbst wenn, dann wäre diese Schablone in den meisten Fällen viel zu eng gesteckt, um all das Besondere, Fröhliche, Laute, Leise, Wilde und Willensstarke dort unterzukriegen. *Meinst du nicht auch?*

51 Die Qual der Wahl

Noch nie hatten Mütter derartig viele Möglichkeiten wie zur heutigen Zeit. Ob private oder städtische Kindertageseinrichtung, Schulen mit Montessori- oder Waldorfpädagogik, Mittagsbetreuung oder Hort – die Möglichkeiten der Fremdbetreuung (rein theoretisch betrachtet) sind riesig. Das Angebot an unterschiedlichsten Kinderkursen und Sportprogrammen tut ihr Übriges. Ob in Teilzeit oder Vollzeit zu arbeiten, vieles ist heute möglich. Aber Wahlmöglichkeiten zu haben, kann auch überfordern und schürt nicht selten Angst vor falschen Entscheidungen.[7] *Bedenke, dass nahezu alle Entscheidungen rückgängig gemacht werden können.*

52 Das Bild der guten Mutter in den sozialen Medien

Freudestrahlend lächelt die Mama in die Kamera, während sie ihr Kind in den Armen hält. Dort tummeln sich viele Mamas – ständig on tour an den schönsten Orten der Welt. Die sozialen Medien sind ein wichtiger Bestandteil unseres Alltags geworden. Viele Mütter nutzen sie, um sich zu vernetzen und Ideen für den Alltag zu holen. Sie können durchaus gute Inspirationsquellen sein, gleichzeitig aber auch die eigene Unzufriedenheit verstärken.[8] Daher sollten wir soziale Medien mit Vorsicht genießen, denn sie stellen kein Abbild der Realität dar.

53 Die Herausforderungen einer berufstätigen Mutter

Teil 1: Brief einer nicht berufstätigen Mama an eine berufstätige Mama:

Liebe Mama,

ich weiß, dass manche Menschen Dich dafür verurteilen, dass Du Dein Kind in Obhut anderer gibst, um arbeiten zu gehen. Ich weiß, dass dies für Dich nicht unbedingt eine leichte Entscheidung war. Nach der Arbeit ist vor der Arbeit: Hausaufgaben kontrollieren, den Einkauf erledigen und große Wäscheberge verräumen – das alles geschieht nach der beruflichen Tätigkeit. Vielleicht bist Du aus finanziellen Gründen gezwungen zu arbeiten, vielleicht ist die Arbeit aber auch der Ausgleich zum Mama-Alltag. Ganz egal was es auch sein mag, ich weiß, dass Du Deine Kinder von Herzen liebst.

54 Die Herausforderungen einer nicht berufstätigen Mutter

Teil 2: Brief einer berufstätigen Mama an eine nicht berufstätige Mama:

Liebe Mama,

ich weiß, dass es Menschen gibt, die sich fragen, was Du den ganzen Tag zu Hause machst. Ich weiß, dass Du unbezahlte Arbeiten erledigst, für die Du in der Gesellschaft keinen Dank erhältst – und das, obwohl Du als Mutter rund um die Uhr im Einsatz bist. Ich weiß, dass Du mit Deiner Aufmerksamkeit bei mehreren Dingen gleichzeitig bist: das Kind trösten, dem Postboten die Tür aufmachen und das Mittagessen auf dem Herd überwachen. Ich bewundere Deine Geduld und Deine Ausdauer, die Du täglich aufs Neue aufbringst. Ich weiß, dass Du das alles machst, weil Du Deine Kinder von Herzen liebst.

55 Was uns verbindet

Ob berufstätig oder nicht, letztendlich haben wir alle einen Wunsch: Unseren Kindern soll es gut gehen. *Wie wäre es, einer anderen Mama ein Kompliment auszusprechen für das, was sie tagtäglich tut?*

56 Gnadenlos (un-)perfekt

Gute Mütter sollen ihre Kinder liebevoll, aber auch mit der notwendigen Disziplin erziehen. Sie sollen nicht zu sehr an ihrem Kind hängen, aber gleichzeitig nicht zu viel arbeiten. Sie sollen ihre Kinder in die Kita schicken, aber nur, um die Familienkasse aufzubessern. Denn ihre Pause haben sie dann, wenn ihre Kinder bei ihnen sind. Sie sollen streng genug sein, aber sich gleichzeitig nicht so haben, wenn es mal ein Bonbon von Oma gibt. Sie sollen sich zurücknehmen, aber auch einmal an sich denken – aber bitte nicht zu viel, denn das wäre wiederum zu egoistisch. *Wie jetzt – wie sollen wir denn nun sein?*

Loslassen, was unglücklich macht – aber wie?

 # 57 Wirf den Hut weg

In unserer Gesellschaft ist das Bild der liebevollen und aufopferungsvollen Mutter tief verankert. Ständig sind wir mit dermaßen vielen fremden, aber auch eigenen Erwartungen konfrontiert, von denen wir glauben, dass wir sie erfüllen müssen. Das setzt Mütter unter großen Druck und erzeugt vor allem eines: ein schlechtes Gewissen. Der Gedanke, irgendwie all diese Ansprüche unter einen Hut bringen zu müssen, zählt zu den größten Glücksräubern in unserem Leben. Es kostet fürchterlich viel Kraft und Energie, jemand zu sein, der wir gar nicht sind. *Wenn du dich daher nach einem leichteren, freudvollen Mama-Alltag sehnst, erlaube dir, diesen „alten Hut" wegzuwerfen.*

 # 58 Übung: Dem Glücksräuber entkommen

Nimm dir nun einmal Zeit und beschäftige dich mit folgender Frage: *Was „müsstest", „solltest" oder „darfst" du nicht tun?* Schreibe dir all deine Gedanken und Überzeugungen auf. Beziehe auch gerne deine Ergebnisse aus # 44 mit ein. Je mehr du dir erlaubst, du selbst zu sein, umso entspannter und gelassener wirst du. Wie es dir besser gelingt, du selbst zu sein? Lies einfach weiter und lasse dich inspirieren!

 # 59 Übung: Der Heißluftballon

In dieser Übung geht es darum, dich von all dem, was sich doch „für eine Mutter gehört", zu lösen. Traue dich, all das abzulegen, was dich daran hindert, dein Leben nach deinen Vorstellungen zu gestalten.

Anleitung:

Nimm dir nun ein paar Minuten Zeit für dich. Stell dir vor, du stehst auf einer wunderschönen, blühenden Wiese. Es ist ein schöner sonniger Tag. Ein angenehmer Wind berührt sanft deine Wangen. Vor dir befindet sich ein großer Heißluftballon. Langsam öffnest du die Tür des Korbes. Du steigst hinein und schließt ganz behutsam den Korb hinter dir. Außerhalb des Korbes sind viele Sandsäckchen befestigt. Sie halten den Ballon am Boden. Jedes Säckchen steht für den Ballast, der auf deinen Schultern lastet, für all die Dinge, die vorgeben, wie du sein solltest oder was du tun müsstest. Verabschiede nun das, was du für deine weitere Reise nicht mehr brauchen wirst. Mit jedem Sandsäckchen, das du vom Korb löst, beginnt sich der Ballon mehr und mehr vom Boden zu lösen. *Genieße es, all das loszulassen, was du nicht mehr länger mit dir herumtragen möchtest.*

WIE DU WIRST, WER DU HEUTE BIST

 # 60 Die Mutterschaft ist eine Reise in die Vergangenheit
Zum einen wird das Muttersein stark von gesellschaftlichen Erwartungen geprägt, aber zum anderen insbesondere auch von unserer eigenen Geschichte. Plötzlich tauchen längst vergangene Erinnerungen wieder auf – schöne und weniger schöne. Wenn unser Kind beispielsweise seinen ersten Schultag hat, belebt das auch Erfahrungen, die wir in der Schulzeit gemacht haben. Wir erinnern uns gerne zurück an die süßen, klebrigen Zuckerketten, die wir uns nach der Schule von unserem ersten Taschengeld gekauft haben. Aber da gab es auch noch die äußerst strenge Lehrkraft, die uns vielfach ausgeschimpft hat und die auch heute noch ungute Gefühle in uns hervorruft. Muttersein fühlt sich manchmal so an wie eine Reise zurück in die eigene Kindheit und in die Zukunft zugleich. Findest du nicht auch?

 # 61 Alle sind so entspannt – nur du selbst nicht
Wenn du mit den Kindern auf den Spielplatz gehst, siehst du sie schon – die Mütter, die seelenruhig auf ihrer Bank sitzen und ihren Kindern entspannt beim Spielen zuschauen. Du hingegen bist schon wieder damit beschäftigt, deinem Kind den Sand aus den Haaren zu schütteln und die Tränen zu trocknen. Immer wieder fragst du dich, warum es nur dir so geht. Aber warum ist das so?

 # 62 Wie Gedanken unser Handeln steuern

Wusstest du, dass etwa 99 % unserer Handlungen von unserem Unterbewusstsein gesteuert werden?[9] Das heißt, du hast weniger aktiv Einfluss auf dein Handeln als vermutlich gedacht. Unser Gehirn kannst du dir dabei wie einen großen Computer vorstellen. Alles, was wir erleben, wird in einer riesigen Datenbank mit den dazugehörigen Verknüpfungen – unseren Gefühlen – abgespeichert. Wie ein Radar gleicht dein Gehirn permanent deine Umwelt mit alten Erfahrungen, Einstellungen und Überzeugungen ab.[10] Dieser „Abgleich" bestimmt, wie wir eine Situation einschätzen und uns letztendlich verhalten.

 # 63 Worauf richtest du deinen Fokus?

Kehren wir zu unserem Beispiel zurück. Natürlich sind auch andere Kinder nicht immer so friedlich, wie sie im ersten Moment wirken, und auch deren Mütter sind manchmal sehr gestresst. Aber weil wir den Gedanken *„Alle anderen sind so entspannt, nur ich nicht"* in uns haben, richten wir den Fokus eben genau auf diese Menschen in unserer Umgebung und unsere Überzeugung bestätigt sich auf wiederholte Weise.

 # 64 Glaubenssätze färben unsere Realität

Bleiben wir bei dem Gedanken *„Alle anderen sind so entspannt, nur ich nicht"*. Bei dieser Überzeugung handelt es sich um einen sogenannten Glaubenssatz. Glaubenssätze sind tiefe Überzeugungen, zu denen wir über viele Erfahrungen im Laufe unseres Lebens gelangen.[11] Glaubenssätze sind die Brille, durch die wir auf die Welt blicken. Nicht umsonst wird gesagt, dass wir mit einer rosaroten Brille durch die Gegend laufen, wenn wir verliebt sind. Alles wirkt so schön und harmonisch – selbst der fiese Nachbar ist freundlicher und entspannter. Unsere Überzeugungen sind so unglaublich mächtig, denn sie haben einen erheblichen Einfluss darauf, wie wir uns verhalten und uns fühlen.

 # 65 Ich bin, was ich denke

Nehmen wir einmal an, du fühlst dich nicht richtig, so wie du bist. Das lernen wir, wenn unsere Eltern ihre Liebe von unserem Verhalten abhängig machen. *Kaum ein Kind bekommt stets die Botschaft zu hören: „Es ist okay, wenn du wütend, traurig, ängstlich bist."* Im Gegenteil, manchmal wurden wir sogar dafür bestraft und die Liebe wurde uns entzogen. Das führt dazu, dass wir irgendwann selbst davon überzeugt sind, dass wir nur okay sind, wenn wir uns auf eine bestimmte Art und Weise verhalten. Wie ein Schatten liegt auch heute noch diese Überzeugung über dir und beeinflusst dein heutiges Handeln – auch als Mutter. Das führt dazu, dass du vielleicht auch heute noch ständig über deine Grenzen gehst, um deine Umgebung zufrieden zu stellen.

SAG DEINEN STRESS-ANTREIBERN ADE

 # 66 Das Modell der inneren Antreiber

Lass uns jetzt noch etwas tiefer in die Thematik einsteigen. Wie du nun weißt, wird unser Handeln von unseren Glaubenssätzen, Meinungen und Überzeugungen geprägt. Diese Gedanken nennt man auch innere Antreiber. Die inneren Antreiber sind ein Konzept aus der sogenannten „Transaktionsanalyse".[12] Sie nehmen Einfluss darauf, wie wir uns verhalten, und sind daher maßgeblich für unser Stressempfinden verantwortlich. Unsere inneren Antreiber sind allerdings nicht per se schlecht. Sie werden erst dann zum Problem, wenn sie unser Verhaltensrepertoire stark einschränken und dadurch unser Leben unnötig schwer belasten und blockieren. Im Folgenden sind die Antreiber etwas näher dargestellt. Du darfst gespannt sein, wo du dich wiederfindest.

 # 67 Die Mama, die immer stark sein muss

Du kümmerst dich darum, dass die Kinder auf dem Ausflug mit Papa immer ausreichend Proviant dabeihaben, du fährst die Kinder zum Tennis, organisierst Arzttermine, machst die Steuererklärung, stellst den Essensplan auf und planst die Ausflüge an den Wochenenden – alles liegt in deiner Hand. Wenn dir jemand Unterstützung anbietet, lehnst du dankend ab. Du fühlst dich für fast alles verantwortlich. Oft wirst du dafür bewundert, wie du das alles hinkriegst. Wenn dir doch einmal alles zu viel wird, machst du das meist mit dir alleine aus. Du schluckst die Wut, den Ärger und die Traurigkeit hinunter, beißt die Zähne zusammen und machst weiter. Bloß keine Schwäche zeigen. Wenn du dich in einigen Punkten wiederfindest, frage dich einmal: *Was ist deine größte Angst, die dahintersteht?*

 # 68 Den Sei-stark-Antreiber verstehen lernen

Als Kind hast du vielleicht öfter zu hören bekommen: „Stell dich nicht so an" oder auch „Ein Indianer kennt keinen Schmerz". Wut, Trauer, Schmerz, Angst wurden oftmals abgesprochen oder sogar abgestraft. Gefühle zu zeigen, wird auch heute noch häufig mit Schwäche gleichgesetzt. Das befeuert den Antreiber, „stark" sein zu müssen, und das belastet auf unnötige Art und Weise.

Innerer Glaubenssatz: Niemand darf wissen, wie schwach, sensibel oder ratlos ich bin. Gefühle zeigt man nicht.
Schwächen: Probleme mit emotionaler Nähe, Einzelgänger, kann schwer Hilfe annehmen.
Stärken: große Entscheidungsfreude, gutes Durchhaltevermögen, „der Fels in der Brandung".
Hilfreiche Affirmation: Ich darf um Hilfe bitten. Ich darf auch einmal schwach sein.

 # 69 Die Mama, die nach Perfektion strebt

Dein tiefster Wunsch ist es, alles gut und richtig zu machen. Statt einer Fertigbackmischung legst du lieber eine Nachtschicht ein, um den Kuchen für den Kindergarten selbst zu backen. Fehler versuchst du in jeglicher Hinsicht zu vermeiden. Wenn dir einmal ein Fehler unterläuft, setzt du das mit persönlichem

Versagen gleich. Du hast einen hohen Anspruch an dich als Mutter, als Partnerin und Berufstätige – insbesondere wenn es darum geht, alles unter einen Hut zu bekommen. Alles, was du anpackst, machst du ordentlich und gründlich. Deinen Anspruch überträgst du gerne auch auf dein Umfeld. Diesen Druck, zu jeder Zeit alles richtig machen zu müssen, lastet sehr auf deinen Schultern. Wenn du dich hier in einigen Punkten wiederfindest, frage dich: *Was ist deine größte Angst, die dahintersteht?*

 # 70 Den Sei-perfekt-Antreiber verstehen lernen

In der Kindheit hast du die Überzeugung gewonnen, dass du nicht mehr kritisiert, bestraft, korrigiert oder verletzt wirst, wenn du perfekt bist, und dass du dann nur noch gelobt und geschätzt wirst. Diese Gedanken führen zu Überbelastung, innerer Unruhe bis hin zur totalen Entfremdung von sich selbst.

Innerer Glaubenssatz: Es ist nie gut genug.
Schwächen: geht über eigene Grenzen, arbeitet bis zum Umfallen, starke Unzufriedenheit mit eigenem Ergebnis.
Stärken: sorgfältig, zuverlässig, präzise, geduldig, detailverliebt, starkes Pflichtbewusstsein.
Hilfreiche Affirmation: Ich darf Fehler machen und aus ihnen lernen. Weniger ist manchmal mehr.

 # 71 Die Mama, die nie zur Ruhe kommt

Mit dem Telefon am Ohr und dem Baby auf dem Arm die Lebensmittel in den Kühlschrank verräumen – all das zeitgleich zu machen, ist für dich nichts Ungewöhnliches. Schließlich muss es ja schnell gehen. Wenn die Kinder wieder einmal zu lange brauchen, treibt dich das fast zur Weißglut. Gedanklich bist du nämlich schon längst bei den ganzen To-dos, die es noch abzuarbeiten gilt. Irgendwie hast du das Gefühl, nie zur Ruhe zu kommen. Auf dem Sofa zu liegen und Hanns Guck-in-die-Luft zu spielen, das würde für dich niemals in Frage kommen. Im Gegenteil, es macht dich nervös und ungeduldig. Du hast das Gefühl, dass es irgendwie immer etwas zu tun gibt. Allerdings fühlst du dich oftmals gar nicht richtig anwesend und hast große Probleme abzuschalten. Wenn du dich in einigen Punkten angesprochen fühlst, dann frage dich: *Was ist deine größte Angst, die dahintersteht?*

 # 72 Den Mach-schnell-Antreiber verstehen lernen

Dieser Antreiber kann entstehen, wenn deine Eltern oftmals sehr ungeduldig mit dir waren (zum Beispiel, wenn du als Kind die Schuhe nicht schnell genug angezogen hast) oder deine Eltern selbst immer in Aktion waren und Pausen mit Faulheit gleichgesetzt wurden. Die Fähigkeit zum sogenannten „Mulitasking" ist auch in unserer heutigen Gesellschaft noch sehr hoch angesehen und befeuert dementsprechend diesen Antreiber.

Innerer Glaubenssatz: Ich darf keine Zeit verschwenden, sonst werde ich nicht fertig.
Schwächen: konzentriert sich nicht auf eine Sache, Angst, etwas zu verpassen, fehleranfällig.
Stärken: kann mit Zeitdruck gut umgehen, verliert sich nicht im Detail, kann mitreißen und begeistern.
Hilfreiche Affirmation: Ich darf auch Pausen machen. Es ist auch okay, einmal nicht dabei zu sein.

73 Die Mama, die sich immer anstrengt

Du wusstest bereits zu Beginn, dass das Leben mit Kindern kein Honigschlecken sein wird. Die vielen schlaflosen Nächte, die Trotzphasen und die zahlreichen Endlos-Diskussionen mit pubertierenden Kindern. Für dich ist das Leben definitiv kein Ponyhof. Dinge durchzustehen, das liegt dir. Wenn du etwas beginnst, ziehst du es auch durch. Daher nimmst du auch deine Aufgabe als Mutter sehr ernst. Du liest viele Bücher über Erziehung und besuchst Kurse, um deine Fähigkeiten stetig zu verbessern. Du glaubst, nur dann eine gute Mutter zu sein, wenn du dich gut genug anstrengst. Doch gleichzeitig geht es auch an deine Kraftreserven. Es kostet dich unheimlich viel Energie, dich ständig anstrengen und beweisen zu müssen. Falls du dich in einigen Punkten wiederfindest, frage dich einmal: *Was ist deine größte Angst, die dahintersteht?*

74 Den Streng-dich-an-Antreiber verstehen lernen

Bereits in der Schule haben wir vermittelt bekommen, dass viel lernen auch zu guten Noten führt. Wir leben in einer Leistungsgesellschaft. Schnell hat man das Gefühl vermittelt bekommen, dass man es im Leben zu nichts bringt, wenn man sich nicht anstrengt. Das alles befeuert den Antreiber, sich anstrengen zu müssen.

Innerer Glaubenssatz: Das Leben ist hart. Ohne Fleiß kein Preis.
Schwächen: Leichtigkeit fehlt, kann Erfolge nicht feiern, geht über Grenzen.
Stärken: pflichtbewusst, zuverlässig, gutes Durchhaltevermögen.

Hilfreiche Affirmation: Es darf mir leichtfallen. Ich darf meine Erfolge genießen. Ich darf auch mit weniger Anstrengung meine Ziele erreichen.

75 Die Mama, die es allen recht machen möchte

Die Kinder, der/die Partner/in – alle wollen etwas von dir. Um keinen zu enttäuschen, würdest du am liebsten alle zeitgleich versorgen: deine/n Partner/in, weil er einen schlechten Tag in der Arbeit hatte, und deine Kinder, die sich gerade wegen eines Spielzeugs streiten. Auch wenn du dich einmal gestresst fühlst, lässt du dir nichts anmerken – die Hauptsache ist, dass es deiner Familie gut geht. Und irgendwie ist es ja auch schön, gebraucht zu werden. Sollte es einmal zu Konflikten kommen, bist du diejenige, die als Erstes einlenkt, weil du ein großes Bedürfnis nach Harmonie verspürst. Dein/e Partner/in kann es meist nicht verstehen, wenn du dich beklagst, wenn dir wieder einmal alles über den Kopf wächst. Es fällt dir unglaublich schwer, Nein zu sagen. Wenn du dich in einigen Punkten wiederfindest, frage dich einmal: *Was ist deine größte Angst, die dahintersteht?*

76 Den Sei-beliebt-Antreiber verstehen lernen

Als Kind wurdest du vermutlich dazu erzogen, dich nicht so wichtig zu nehmen und dich den Belangen anderer unterzuordnen. Warst du mal frech und aufmüpfig, wurdest du für dein Verhalten getadelt. Auch heutzutage werden insbesondere Frauen und Mädchen oftmals noch in diese angepasste und brave Rolle gedrängt.

Innerer Glaubenssatz: Wenn ich Nein sage, werde ich abgelehnt.

Schwächen: lässt sich leicht ausnutzen, geht über Grenzen, konfliktscheu, undurchsichtig.
Stärken: großes Einfühlungsvermögen, teamfähig, kompromissfähig, ausgleichend.
Hilfreiche Affirmation: Ich darf es auch mir recht machen. Meine Bedürfnisse sind auch wichtig. Es darf mich auch jemand nicht mögen.

77 Wurzel aller Probleme: „Ich bin nicht gut genug"

Unter all den Glaubenssätzen liegt eine tiefe Überzeugung: das Gefühl, nicht gut genug zu sein. Nach einer Langzeitstudie[13] der renommierten Harvard-Universität hören Kinder bis zu ihrem 18. Lebensjahr bis zu 180.000 negative und beschränkende Botschaften: „Das kannst du eh nicht", „Streng dich mehr an". Wenn wir erwachsen sind, haben wir diese Stimmen internalisiert. Wir werden empfänglich für äußerliche Einflüsse: die Erwartungen der Familie, der Freunde oder des Chefs. Unsere Antennen sind weit ausgerichtet und wir suchen unbewusst stets nach Anerkennung und Aufmerksamkeit. Schließlich wollen wir ja alles „gut genug" machen.[14] *Doch die Frage ist immer: gut genug für wen eigentlich?*

78 Was den Selbstwert wirklich nährt

Unser Selbstwert hat sehr viel mit uns selbst tun: wie wir uns selbst sehen und wie wir uns selbst bewerten. Allem voran geht es darum, dich ständig danach zu bewerten, ob du etwas „richtig" oder „falsch" gemacht hast. *Der Wert deiner Person hängt aber nicht davon ab, ob du deinen Job als Mutter gut genug machst.* Auch wenn es dir schwerfällt, das zu glauben, beginne dennoch damit, dir etwas wohlwollender entgegenzutreten.[15] *Was kannst du heute Liebevolles zu dir sagen?*

 # 79 Der Mond als Symbol für deine Vollständigkeit

Wenn ich wieder einmal Zweifel habe, blicke ich zum Mond hinauf. Ob ganz, halb oder gar nicht zu sehen – zu jeder Zeit ist der Mond vollständig. Keiner würde auf die Idee kommen und sagen: „Da fehlt etwas. So ist er nicht richtig." Warum sollte das bei dir anders sein? Selbst wenn dir zum jetzigen Zeitpunkt bestimmte Fähigkeiten fehlen, so zeigt der Mond auf, dass diese möglicherweise bereits in dir sind – wenn auch noch nicht sichtbar. *Vielleicht wird der Mond auch für dich zu einem wertvollen Anker in deinem Alltag, der dir signalisiert: „Du bist genug, und zwar zu jeder Zeit."*

DIE ROLLE DER EIGENEN MUTTER - WELCHE AUSWIRKUNGEN HAT DAS AUF DEIN MAMASEIN?

 # 80 Hilfe, ich bin ja wie meine Mutter!

Schon vor zehn Minuten wolltest du von zu Hause loskommen. Mehrmals hast du dein Kind aufgefordert, sich endlich anzuziehen. Doch dein Kind scheint das alles gar nicht zu interessieren. Du merkst, wie dein Puls steigt und die Wut hochkommt. Plötzlich beginnst du zu schreien: „Du ziehst dich jetzt an! Mach jetzt, sonst gibt es echt Ärger. Immer dasselbe mit dir." Diese Worte sitzen. Traurig und verängstigt zieht dein Kind seine Schuhe an. In diesem Moment erschrickst du selbst über deine harten Worte, denn so wolltest du nie sein – wie deine Mutter.

 # 81 Deine Mutter war das erste weibliche Vorbild

Den größten Einfluss auf unsere Entwicklung haben unsere Eltern – insbesondere die Mutter. Intuitiv hast du damals gespürt, wie es Mama ging. Du wusstest, ob sie in ihrer Rolle als Mutter glücklich oder unglücklich war. Du hast gespürt, ob sie die notwendige Unterstützung von dem/der Partner/in oder anderen Familienmitgliedern bekam oder nicht. Deine Mutter repräsentiert das erste Bild über das Mamasein, das du bis heute in dir trägst.[16] *Wie hast du deine Mutter erlebt?*

82 Was dich heute prägt

Angenommen, deine Mutter hat sich nur um die Familie gekümmert, hat immer versucht, es allen recht zu machen, und hat dabei auf ihre eigenen Träume und Wünsche verzichtet. Doch irgendwie hast du gespürt, dass sie diese Rolle traurig gemacht hat. In dir entstand die Überzeugung: „Ich darf mich nicht abhängig machen, sonst werde ich unglücklich." Aus diesem Grund fällt es dir auch heute schwer, einmal zur Ruhe zu kommen und Aufgaben abzugeben.

83 Zwischen zwei Stühlen sitzend

Ob es um Erziehungsthemen, Haushaltsführung oder auch Wertvorstellungen geht – manchmal ist es mit der eigenen Mutter gar nicht so einfach. Im Gegenteil, sehr oft sogar sind ihre Ratschläge hinderlich und untergraben das eigene Selbstvertrauen. Es fühlt sich an, als ob man zwischen zwei Stühlen sitzt: Einerseits wollen wir uns ihr gegenüber loyal verhalten und sie nicht verletzen, andererseits möchten wir unserer eigenen Stimme vertrauen. Damit dir Letzteres besser gelingt, helfen dir folgende Fragen: *Wo siehst du Differenzen zu dem Bild, das du vom Muttersein hast? Und was ist das, das du gerne beibehalten möchtest?*

84 Die Geschichte deiner Mutter erkunden

Um deine Mutter besser verstehen zu können, hilft es, dich mit ihrer Geschichte auseinanderzusetzen. Denn jede (abfällige) Bemerkung ihrerseits hat viel mit ihrer eigenen Geschichte zu tun. Vielleicht wurde sie in ihrer Kindheit nicht beachtet, nicht gesehen oder es wurde ständig an ihr herumgenörgelt. Auch sie hat ihre Päckchen zu tragen – Päckchen voller Schmerz und Unsicherheit. Das alles bekommst du als Tochter ungefiltert zu spüren. Es geht auch nicht darum, die Dinge, die passiert sind, gutzuheißen, sondern darum, ein größeres Verständnis zu entwickeln für das, was sie geprägt hat. Frage dich: *Wie ist sie aufgewachsen? Mit was hat sie zu kämpfen gehabt?*

 # 85 Übung: Frieden mit deiner Mutter schaffen

Wenn wir Mutter werden, verändert sich oftmals auch die Beziehung zur eigenen Mutter. Du wirst zwar immer die Tochter deiner Mutter bleiben, aber du bist nun auch selbst Frau und Mutter. *Du darfst deinen eigenen Weg gehen.* Dieses kleine Ritual soll dir helfen, die Verbindung zu deiner Mutter zu heilen. Dadurch wirst du frei, dein Leben nach deinen eigenen Wünschen und Zielen zu gestalten.

Anleitung:

Nimm dir ein wenig Zeit für dich. Stelle nun zwei Stühle gegenüber. Setze dich auf einen Stuhl. Stell dir vor, dass deine Mutter auf dem anderen Stuhl sitzt. Sprich nun folgende Sätze nach:

Liebe Mama,

manchmal hätte ich mir ... gewünscht,
aber ich sehe auch, wie es dir ergangen ist,
auch für dich war es nicht immer leicht.
Ich danke dir für mein Leben, das ich durch dich erhalten habe, und danke dir für all das Gute, das du mir (mit-)geben konntest. (Hier kannst du aufzählen, für was du ihr dankbar bist.)
Doch ich spüre hier und jetzt, dass dein Weg nicht mein Weg ist. Ab heute werde ich meinen Weg gehen. Ich bitte dich herzlich, mich meinen Weg gehen zu lassen.
Vielen Dank.

In Liebe
Deine Tochter

Lass die Übung noch etwas nachwirken. *Wie geht es dir damit?*

86 Die Türen zur Zukunft stehen offen

Deine Einstellungen, Erwartungen und deine Vorstellungen bestimmen, wie du auf die Welt schaust. Du selbst hast es in der Hand, was du davon behalten möchtest oder nicht. Erlaube dir, das abzulegen, was nicht zu dir gehört. Es kostet nämlich unheimlich viel Kraft, jemand zu sein, der du gar nicht sein möchtest. Frage dich stattdessen: *Wie möchte ich mich als Frau und Mutter fühlen? Was möchte ich meinen Kindern bezüglich Frau- und Muttersein mitgeben?* Spüre, was sich durch diese Gedanken verändert!

Lass uns die Reise beginnen!

Du hast nun begonnen, dich allmählich von allen Ansprüchen und Erwartungen zu lösen, die dir die ganze Kraft rauben und zu Stress, negativen Gefühlen und Unzufriedenheit führen. Nun geht es los mit unserer Reise in ein leichteres Mama-Leben. Im nächsten Kapitel wird es darum gehen, den Mut zur Veränderung zu finden. Du wirst viele Anregungen dazu bekommen, wie du den Alltag nachhaltig mit mehr Freude und Gelassenheit füllen kannst. Lass uns jedoch mit dem Wichtigsten auf dieser Reise beginnen – der Beziehung zu dir selbst.

KAPITEL 3

Los geht's, die Reise beginnt! Wie gelange ich konkret zu mehr Glück, Zufriedenheit und Leichtigkeit im Mama-Alltag?

MEHR VERBUNDENHEIT ZU DIR SELBST

„Die wichtigste Beziehung ist und bleibt die zu dir selbst. Sie ist der Dreh- und Angelpunkt für alles, was ist und kommen wird."

Anja Jungbeck

 # 87 Was ist das Beste für mein Kind?
Viele von uns Müttern stellen sich folgende Frage: „Was ist das Beste für mein Kind?" Diese Frage ist richtig und wichtig, denn sie zeigt auf, dass du dir deiner Verantwortung als Mutter bewusst bist. Doch was unsere Kinder prägt, ist weniger die „richtige Erziehungsmethode" als vielmehr die Beziehung, die wir zu uns selbst haben. So lernen sie von uns: wie wir mit uns und anderen Menschen umgehen, wie wir Konflikte lösen, wie wir unser Leben gestalten und natürlich, wie glücklich wir mit uns selbst sind. Leider passiert es nicht selten, dass wir uns hier in dem ein oder anderen Punkt selbst im Weg stehen.

 # 88 Was bleibt, ist die Beziehung zu dir selbst
Wenn wir auf unser Leben schauen, dann wissen wir ganz intuitiv: Alles obliegt einem ständigen Wandel. Aus dem kleinen Mädchen von damals ist heute eine erwachsene Frau und Mutter geworden. Menschen in unserem Umfeld kommen und gehen. *Doch die Beziehung zu uns selbst, die ist es, die bleibt.* Sie ist die Grundlage für ein glückliches und erfülltes Leben. Egal ob du dich nun zu dünn, zu dick, zu groß oder zu klein, zu wenig klug oder nicht schön genug findest: Wenn wir uns alle wertschätzen und lieben würden, wäre unsere Welt vermutlich eine andere: weniger Konflikte, keine Kriege, weniger Krankheiten, dafür mehr Liebe, Frieden, Freude und Leichtigkeit. *Daher lass uns dafür sorgen, dass es dir gut geht – mach den Anfang!*

 # 89 Was du bist, macht dich aus
Stell dir einen großen Baum vor. Je tiefer er mit dem Boden verwurzelt ist, desto besser wird er auch stürmische Zeiten überstehen. Dieses Bild ist auch auf uns Mütter übertragbar.

Damit du deine ganze Kraft erlangst, benötigst du Zugang zu dem, was dich auszeichnet: deine Eigenschaften, Kompetenzen und Stärken, Neigungen sowie unsere persönlichen Erinnerungen und deine Bedürfnisse. Hast du eine gute Verbindung zu dir, wird es dir im Leben viel leichter fallen, mit Problemen und Kritik umzugehen. Dadurch gelingt es dir auch, Vertrauen in deine Fähigkeiten als Mutter und Frau zu haben und dich mit dem zu versorgen, was dir von Herzen guttut. *Du wirst sehen, die Beziehung zu dir wird dir so viel mehr zurückgeben als jede andere.*

 # 90 Lebst du (d)ein Leben?

Weil wir uns im Laufe des Lebens immer mehr nach außen orientieren, verlieren wir nach und nach die Verbindung zu uns selbst. „Sei lieb, sei nett, sei nicht so fordernd" – das haben gerade wir Frauen in unserer Kindheit oft gehört. Wir versuchen, uns in bestimmte Rollen als Berufstätige, Tochter, Freundin, Mutter oder Frau zu pressen, und leben dadurch tatsächlich manchmal an unserem eigenen Leben vorbei. Wir alle haben einen Strauß *voller Eigenschaften und Fähigkeiten mitbekommen*, die es uns erst ermöglichen, das Beste aus unserem Leben herauszuholen. *Wer bist du, bevor dir gesagt wird, wer du sein sollst?*

ENTDECKE DICH SELBST

*„Es gibt zwei Arten sein Leben zu leben:
entweder so, als wäre nichts ein Wunder,
oder so, als wäre alles eines.
Ich glaube an Letzteres."*
Albert Einstein

 # 91 Du bist ein Wunder!
Wusstest du, dass die Chance, hier in diese Welt geboren zu werden, bei etwa 1 : 400 Milliarden liegt? Unglaublich, oder? Die Wahrscheinlichkeit, im Lotto zu gewinnen, ist damit um ein Vielfaches höher. Somit hast du bereits den größten Gewinn in deinem Leben eingefahren.[17] Wie ein Spinnengeflecht ist alles miteinander verwoben – deine Eigenschaften und Stärken, die du mitbringst, deine Erfahrungen, deine Emotionen und die Umstände, unter denen du aufgewachsen bist. All das ist dein persönlicher Fingerabdruck und macht dich zu der, die du heute bist. Du darfst mir glauben: *Keine Geschichte gleicht je einer anderen.*

 # 92 Übung: Dein Herz schlägt nur für dich
Diese Übung soll dir helfen, die Liebe zu dir selbst zu vertiefen, und dich an das Wunder, das du bist, erinnern.

Schließe einen Moment deine Augen und atme ein paar Mal tief ein und aus.
Lege deine Hand auf dein Herz und spüre deinen Herzschlag. Tag für Tag leistet dein Herz Großartiges. Unaufhörlich pumpt dein Herz das Blut durch die Adern. Es versorgt deinen Körper mit all den Nährstoffen, die du zum Leben brauchst.

Spüre, wie dich dein Herz am Leben hält. Dein Herz war schon da, bevor du denken konntest.
Bedanke dich bei deinem Herz dafür, dass es in jeder Sekunde bedingungslos für dich schlägt.
Bedanke dich dafür, dass es so vieles mit dir schon durchgestanden hat, all das Auf und Ab in deinem Leben.
Bedanke dich dafür, dass es dich am Leben hält.
Denn dein Herz schlägt nur für dich.

STÄRKEN UND SCHWÄCHEN IM ALLTAG KRAFTVOLL EINSETZEN

 # 93 Du, ich – wir alle haben Schwächen

Hast du schon einmal daran gedacht, dass „Schwächen" auch etwas Gutes an sich haben? Nehmen wir einmal an, es fällt dir schwer, Ordnung zu halten, und du bist sehr anfällig dafür, dass „Chaos" förmlich anzuziehen. Vielleicht stresst es dich aber im Gegensatz dazu viel weniger, wenn die Kinder das Wohnzimmer verwüsten, als es bei einer anderen Mama der Fall ist? Jede Schwäche hat auch etwas Positives an sich. *Was sind deine Schwächen? Wo kannst du sie im Alltag gut gebrauchen?*

 # 94 Schwächen sind okay

Wir Mamas neigen dazu, in allem „gut" sein zu wollen. Wir bringen in der Arbeit Höchstleistung, wollen in der Erziehung alles „richtig" machen und die Wohnung soll auch noch glänzen. Auch wenn wir versuchen, unsere Schwächen zu optimieren, werden wir es meist nur zum Mittelmaß bringen.

Doch wer sagt, dass wir in allem „gut" sein müssen? Mir beispielsweise macht es keine Freude, mit meiner Tochter mit Bausteinen zu spielen. Es liegt mir einfach nicht und daher „zwinge" ich mich auch nicht. Dadurch lernen auch unsere Kinder, dass sie nicht in allem „gut" sein müssen.

 # 95 Konzentriere dich auf das, was du gut machst

Es ist wichtig, die eigenen Stärken zu kennen. Denn die eigenen Stärken zu schätzen und zu leben, steigert unweigerlich deine innere Zufriedenheit im Leben und fördert das Vertrauen in deine Fähigkeiten als Mutter und Frau. *Kennst du deine Stärken? Was ist das, was dir schon sehr gut gelingt?*

 # 96 Übung: Deine Stärken erforschen

Leg dir ein Blatt Papier und Stifte bereit. Dann probiere einmal Folgendes aus: Stell dir vor, du zoomst dich wie eine Drohne aus dir selbst heraus und betrachtest dich aus der Vogelperspektive: *Was zeichnet dich aus? Was fällt dir leicht? Schreibe ALLES ungefiltert auf, auch wenn du denkst, es würde sich um keine besondere Eigenschaft handeln. Setze den Stift erst ab, wenn dein Blatt vollgeschrieben ist.*

 # 97 Übung: Das „Stärken-Interview"

Oftmals erkennen wir unsere eigenen Stärken gar nicht, weil sie uns so nah und vertraut sind, dass wir sie gar nicht als „Stärke" empfinden. Suche dir daher 3 bis 5 Personen aus deinem näheren Umfeld, die dir dabei helfen können, deine Stärken zu entdecken. Bitte die Person, dir gegenüber absolut ehrlich zu sein. Stelle ihr folgende Fragen:

- Was schätzt du an mir?
- Was bewunderst du an mir?

Lass dir Beispiele nennen! *Welche Eigenschaften an dir wurden mehrmals genannt?*

98 Dich im Alltag mit deinen Stärken verbinden

Unser menschliches Gehirn ist darauf trainiert, das „Negative" zu fokussieren. Wissenschaftler haben herausgefunden, dass wir *dreimal so viel positive* Erlebnisse brauchen, um *ein negatives auszugleichen.*[18] Unser Gehirn ist wie ein Muskel, der immer wieder trainiert werden muss. Umso wichtiger ist es demnach, dich im Alltag immer wieder bewusst mit deinen Stärken zu verbinden. Beispielsweise kannst du dir sagen: „Ich kann mich gut in mein Kind einfühlen." Speichere diese kleine Erinnerung im Smartphone ab. Fühle diesen Gedanken jedes Mal, wenn du darauf blickst. Du wirst sehen, wie sich ohne großes Zutun dein Wohlbefinden erhöht.

99 Zeige deinen Kindern, was du gerne tust

Das, was uns gut gelingt, machen wir meist auch mit Freude und Begeisterung. Davon profitiert auch die Beziehung zu deinen Kindern. Vor einiger Zeit konnte ich auf unserer Spazierrunde einen Vater mit seinem Sohn beobachten. Tagelang haben sie dort Zeit verbracht, um gemeinsam einen wundervollen Tempel zu bauen. Beide waren tief versunken in ihrer Arbeit. Nimm auch du deine Kinder mit in deine Welt. Zeig ihnen, was dir liegt und was du gerne tust. Erzähle ihnen von dem, was dir Spaß bereitet: deiner Arbeit, deinen Interessen, deinen Hobbys. Binde deine Kinder ein und integriere sie. Eure Beziehung wird davon sehr profitieren.

KRAFT AUS DER VERGANGENHEIT SCHÖPFEN

„Manchmal sind es genau die dunkelsten Nächte, die die hellsten Sterne hervorbringen."
Anja Jungbeck

 # 100 Deine Geschichte definiert nicht dein Schicksal
Ich glaube fest daran, dass jedes Kapitel in unserem Leben einem Zweck dient. Denn jedes Erlebnis hat dich etwas gelehrt. Alles – auch das Unangenehme – hat dich auf eine bestimmte Art und Weise reifer, klüger, humorvoller, stärker und weiser werden lassen. Alle Erlebnisse haben zu deiner ureigenen Geschichte beigetragen und dich zu der Frau und Mutter gemacht, die du heute bist. Doch sei dir bewusst, dass deine Vergangenheit nicht den Weg in die Zukunft pflastert. Du selbst entscheidest, was du aus deiner Geschichte mitnimmst. *Was wäre, wenn all das, was du erlebt hast, die Vorbereitung wäre für das Leben, das du dir wirklich wünschst?*

 # 101 Übung: Deine Heldinnenreise
Diese Übung – angelehnt an das Konzept der Heldenreise nach Joseph Campbell – soll dir helfen, das Vertrauen in dich und das Leben zu stärken. Denn je mehr Vertrauen wir haben, desto zuversichtlicher und gelassener können wir in Richtung Zukunft blicken.

Anleitung:
Erinnere dich an ein Erlebnis aus deinem Leben, das für großes Unbehagen gesorgt hat. Stelle dir nun Folgendes vor: Du sitzt in einem Kino in der letzten Reihe und blickst auf die Leinwand, wo du dich und die Situation siehst. Nimm dir Papier und Stift zur Hand und beantworte folgende Fragen:

- Wie hast du es geschafft, die herausfordernde Situation zu meistern?
- Welche neuen Kraftressourcen hast du entwickelt? (Selbstvertrauen, Mut, Zuversicht, Wertschätzung, Dankbarkeit, Erfolgserlebnis, Selbstwirksamkeit, Neugierde, Offenheit, Glaube an das Gute, Kämpferwille, Durchsetzungskraft, Lebenswille, Wissen, Resilienz ...)
- Hast du Menschen dadurch kennen und schätzen gelernt?
- Was nimmst du hier und jetzt aus dieser Geschichte mit?

Achtung! Wenn es eine sehr schmerzvolle Erinnerung sein sollte, lass die Übung aus und suche dir Unterstützung von einem erfahrenen Coach oder einem Therapeuten.

 # 102 Übung: Meilensteine als Mama sammeln
Vielleicht kennst du die Meilenstein-Karten, die es für Babys und kleine Kinder gibt. Sie sollen all die besonderen Momente des Kindes festhalten. Warum nicht auch Mama-Meilen sammeln? *Insbesondere in Zeiten, in denen du sehr gefordert bist, können dich diese Momente daran erinnern, was du in deinem Mama-Leben schon gemeistert hast.*

Vorbereitung:

- Sammle zunächst ein paar Steine, die du gut mit einem Stichwort beschriften kannst.
- Besorge dir ein durchsichtiges, leeres Gefäß, in die du deine gesammelten Steine legen kannst.

Durchführung:

- Gehe nun gedanklich zurück an den Tag, an dem du erfahren hast, dass du schwanger bist.
- Was hast du seitdem alles gemeistert?
- Schreibe zu jedem Erlebnis ein Stichwort auf einen Stein.
- Was macht dich stolz? Was hast du geschafft? Wie bist du mit den Situationen damals umgegangen?
- Lege die Steine im Anschluss in das Gefäß.
- Stelle das Gefäß nun an einen schönen Platz in der Wohnung und erinnere dich daran, was du als Mama schon alles gemeistert hast.

DIE LIEBE ZU DIR SELBST STÄRKEN

 # 103 Übung: Ein Tag voller Selbstliebe

Diese Übung dient dazu, dir vor Augen zu führen, wie es denn wäre, wenn du dich einen ganzen Tag lang so annehmen würdest, wie du bist? Was würde sich dadurch verändern? Nimm dir Blatt und Stift zur Hand und beschäftige dich mit folgenden Fragen:

- Wie würde dein Tag verlaufen?
- Wie würdest du mit dir umgehen?
- Wie würde dein Umfeld darauf reagieren?
- Was würdest du anders machen?

 # 104 Übung: Die Spiegelübung

Lächle dich selbst an, wenn du in den Spiegel schaust. Sage dir: *„Ich bin der wichtigste Mensch in meinem Leben."* Mache das morgens, wenn du aufgestanden bist, und abends vor dem Schlafengehen. Du wirst sehen, mit der Zeit wird es dir immer leichter fallen, dich durch die Augen der Liebe zu betrachten.

 # 105 Sei dir selbst eine gute Mutter

Wir sind ständig damit beschäftigt, die kleinen Wehwehchen unserer Kinder zu versorgen, sie zu trösten und ihnen gut zuzusprechen. Doch wer tröstet uns Mütter? Wenn du dich wieder einmal aufs Schärfste verurteilst, probiere Folgendes aus: Statt dich dem Impuls hinzugeben, lenkst du dich ab und legst einen bewussten „Stopp" ein. Mache dir eine Tasse Tee, setze dich auf dein Sofa und kuschle dich in eine warme Decke ein. Nimm dich gedanklich selbst in den Arm und sage dir: *„Auch wenn ich ... nicht an mir mag, ich liebe mich trotzdem." Spüre, was sich dadurch verändert.*

 # 106 Der Wunsch nach Anerkennung

Praxisbeispiel: Leonie ist Mutter von drei kleinen Kindern. Neben ihrem Halbtagsjob ist sie diejenige, die den größten Anteil an Care-Arbeit[1*] leistet. Sie beklagt sich, dass das, was sie den ganzen Tag über alles leistet, von ihrem Mann kaum gesehen und wertgeschätzt wird. Diesbezüglich gibt es ständig Konflikte und Reibereien, unter denen sie sehr leidet.

 # 107 Gib dir selbst die Wertschätzung

Es ist schön, von unseren Liebsten Anerkennung und Wertschätzung zu bekommen. Doch wenn wir uns davon abhängig machen, kann das Leben ganz schön anstrengend werden. Im Wort „Anerkennung" steckt der Begriff „Erkennung". Der Schlüssel liegt also bereits im Wort selbst: dich selbst (an-)erkennen. Und glaube mir: Selbst wenn du Anerkennung von deinen Freunden, Eltern, deinem/deiner Partner/in erhältst, wirst du Komplimente oder einen ausgesprochenen Dank nicht annehmen und fühlen können, weil du dein Herz dafür verschlossen hast.

 # 108 Für was erkenne ich mich heute an?

Diese Frage solltest du dir ab sofort täglich stellen. Es ist wichtig, uns selbst diese Wertschätzung zu geben. Rolle dir selbst den roten Teppich aus und beschreite diesen – und zwar Tag für Tag. Du wirst sehen: Je mehr du dich selbst anerkennst,

....

1* **Care-Arbeit** beschreibt die Tätigkeiten des Sorgens und Sichkümmerns. Darunter fallen die Übernahme der Kinderbetreuung, die Haushaltsführung und sonstige familiäre Aufgaben, die es zu erledigen gibt.

umso mehr wird dir das auch dein Umfeld spiegeln. Nimm dir daher heute einmal fünf Minuten Zeit und beantworte folgende Fragen: *Was ist durch mich heute entstanden? Was wäre ohne mich heute nicht möglich gewesen?* Es ist so wohltuend, dir selbst gegenüber diese wertschätzende Haltung einzunehmen.

 # 109 Care-Arbeit wird zur Feen-Arbeit

Care-Arbeit hat vollen Respekt verdient. Wie wertvoll diese Arbeit ist, fällt erst dann auf, wenn sie nicht mehr verrichtet wird. Der Kühlschrank ist leer, die Hemden liegen ungebügelt im Keller und die Kinder warten wie hungrige Löwen auf ihr Mittagessen. Feen-Arbeit ist eine liebevolle Umschreibung aller Aufgaben, die oftmals wie von „Geisterhand" erledigt werden. Bedenke: Alles, was du tust, ist bedeutsam – gib den Dingen den Wert, der ihnen zusteht. *Was verändert sich in dir, wenn du deine Care-Arbeit ab sofort liebevoll als „Feen-Arbeit" bezeichnest?*

 # 110 Selbstliebe – was es wirklich bedeutet

Vielleicht blickst du schon etwas milder auf dich selbst. Genau das ist es, was ich unter Selbstliebe verstehe: in Beziehung zu dir selbst zu treten, sanftmütiger mit dir umzugehen, dir selbst eine gute Freundin oder Mutter zu sein. Natürlich ist es auch okay, wenn du nicht alles an dir liebst, darum geht es auch gar nicht. Es ist die Haltung, die du dir selbst gegenüber einnimmst – und zwar Tag für Tag. Sich selbst zu lieben heißt, dafür zu sorgen, dass es dir gut geht.

DEIN KÖRPER, DEIN ZUHAUSE

„Der Körper ist der Übersetzer der Seele ins Sichtbare."
Christian Morgenstern

 # 111 Wir haben nur einen Körper

In unserer Gesellschaft verbinden wir vor allen Dingen zwei Attribute mit unserem Körper: Aussehen und Schönheit. Doch unser Körper verdient mehr, als ihn nur auf die Attraktivität zu reduzieren. Tagtäglich ist er für uns da – selbstlos und unentgeltlich. Wie wichtig ein gesunder Körper ist, fällt den meisten von uns erst dann auf, wenn der Körper nicht mehr so funktioniert, wie er es eigentlich tun sollte. In diesem Fall spielen die Dehnungsstreifen oder die krumme Nase erst einmal keine Rolle mehr. Gesund zu sein, ist meiner Meinung nach die Grundvoraussetzung für ein glückliches und erfülltes Leben. *Was denkst du darüber?*

 # 112 Dein Körper spricht Bände

Alles, was du in deiner Umwelt wahrnimmst, nimmst du über die fünf Sinne – also über das Sehen, Hören, Fühlen, Riechen und Schmecken – wahr. Diese Informationen werden im Gehirn verarbeitet und führen zu dementsprechenden Reaktionen im Körper.[19] Das heißt, alles was du denkst und fühlst, spiegelt sich auf irgendeine Art und Weise in deinem Körper wider. Bist du verliebt, beschleunigt sich der Herzschlag. Bist du nervös, beginnst du zu schwitzen. Ohne deinen Körper könntest du nichts fühlen und hättest damit auch keinen Zugang zu deinen Bedürfnissen. *Nimm deinen Körper wieder für das wahr, was er ist: ein Wunderwerk.*

 # 113 Funktionierst du oder lebst du schon?

Alles, was wir am Tag tun, machen wir aus einem gewissen Automatismus heraus. Das beginnt schon am Morgen: Der Wecker klingelt, wir steigen aus dem Bett. Wir putzen die Zähne und ziehen uns an. Wir wecken die Kinder und bereiten das Frühstück zu. Kurze Zeit später sind wir vielleicht schon auf dem Sprung zur Arbeit oder zum Einkaufen. Von morgens bis abends sind die meisten von uns am Rotieren. Am Abend fallen wir todmüde ins Bett und fragen uns, wann uns am Tag die Kraft ausgegangen ist. *Willkommen im Hamsterrad des Alltags!*

DEIN KÖRPER ALS COACH

 # 114 Körpersignale – das Kommunikationsnetz von Körper, Geist und Seele

Ob es uns gerade gut geht oder nicht – unser Körper schickt uns permanent Hinweise.[20] Doch viele von uns Müttern sind sehr geübt darin, ihre Körpersymptome zu übergehen oder gar zu unterdrücken. Ignorieren wir diese, steigt unser Stresspegel und unsere Unzufriedenheit nimmt zu. Die Krux dabei ist, dass wir lange nicht merken, wie es uns wirklich geht. Die Folgen der Anspannung brechen meist erst dann aus, wenn wir uns eigentlich erholen wollten. *Das kennst du sicherlich, oder?*

 # 115 Warum es manchmal schwerfällt, Freude zu empfinden

Ignorieren oder unterdrücken wir die Botschaften unseres Körpers, passiert in unserem Gehirn Folgendes: Nach und nach werden Gehirnareale abgebaut, sodass wir immer mehr abstumpfen, was die Gefühlswahrnehmung anbelangt. Auch unsere guten Gefühle wie Lebendigkeit, Freude und Zufriedenheit sind davon betroffen. Wir brauchen dann immer intensivere Sinnesreize, um überhaupt noch etwas spüren zu können.[21] Das erklärt auch, warum wir uns manchmal an alltäglichen Dingen nicht mehr erfreuen können und wir stattdessen wegen Kleinigkeiten in die Luft gehen.

 # 116 Erschöpfung – Warnsignal des Körpers

Vielleicht denkst du, es wäre normal, als Mama erschöpft zu sein. Doch das ist völliger Bullshit. Erschöpfung ist immer ein Ausdruck von *„Es ist mir alles zu viel"* und *„Ich kann nicht mehr"*. Es ist eine Schutzreaktion deines Körpers, der dir signalisieren möchte: „Hey, mach mal eine Pause." Wir Mütter sind Menschen und eben keine Maschinen, die dauerhaft funktionieren sollen und auch nicht müssen. Wenn du dich gerade sehr erschöpft fühlst, spüre in dich hinein: *Was genau erschöpft dich? Was brauchst du, damit es dir besser geht?*

 # 117 Verbinde dich mit deinem Körper

Um auf die Weisheit unseres Körpers zu hören, dürfen wir lernen, den Automatismus – also den Autopiloten im Alltag – zu unterbrechen. Wir brauchen hierfür wieder einen stärkeren Kontakt zu unserem Körper, um zu spüren, was uns guttut und was nicht. Dadurch können wir stressigen Momenten viel früher entgegensteuern und unser Energietank bleibt gefüllt.

Beginne mit kleinen, einfachen Schritten im Alltag: Trinke ein Glas Wasser, wenn du Durst verspürst. Lege eine Pause ein, wenn du das Bedürfnis nach Ruhe empfindest. Wenn du Lust bekommst, dich zu bewegen, gib dem Impuls nach. Wenn du frierst, hole dir eine Decke oder ziehe dir einen kuscheligen Pullover über.

118 Übung: Mini-Bodyscan

Diese Übung zählt zu einer meiner liebsten Achtsamkeitsübungen im Alltag. Du führst eine Art „Check-in" bei dir selbst durch, der dir dabei hilft, Stress-Fallen im Alltag frühzeitig zu erkennen und zu minimieren. Darüber hinaus ist dieser einfach und schnell durchzuführen.

- Spüre den Boden unter den Füßen
- Lege deine Hände auf dein Herz
- Atme ein paar Mal tief ein und aus
- Frage dich: Wie geht es mir gerade?
- **Spüre im Körper nach**
- Was genau brauche ich, damit es mir gut geht?

Tipp: Ich empfehle dir, diese Übung fest in den Alltag einzubauen. Die Übung kannst du überall machen – an der Kasse im Supermarkt, am Spielplatz, beim Gemüseschneiden. Vielleicht möchtest du einen Zettel an den Kühlschrank hängen, um dich daran zu erinnern?

119 Bei jedem anders

Das permanente Laufen des Radios, die lange To-do-Liste, die es abzuarbeiten gilt, das nicht zu beruhigende Baby, das Chaos um uns herum – all das sind viele Eindrücke, die unseren Stresspegel hoch halten. Doch nicht jeder Mensch reagiert auf die sogenannten „Stressoren" gleich. Daher ergibt es auch keinen Sinn, dich mit anderen Mamas zu vergleichen. Du bist also weder „zu wenig belastbar" noch „zu schwach" oder gar „zu faul". Lass diese Gedanken los, sie rauben dir unnötig Energie.

 # 120 Übung: Deine Belastungsgrenzen wahrnehmen

Meist macht sich Erschöpfung oder Unruhe erst dann bemerkbar, wenn du über deine Grenzen hinaus bist. Daher ist es so wichtig, auf die frühen Warnzeichen zu achten, die dir dein Körper sendet. Erforsche daher einmal deine eigenen Belastungsgrenzen:

Erinnere dich dafür an eine Situation, die dich sehr erschöpft hat.

- Hast du dich bereits vor dieser Situation gestresst, energielos oder unwohl gefühlt?
- Was für einen Gedanken hattest du zu diesem Zeitpunkt?
- Sind diese Gedanken wahr?
- Welcher Gedanke wäre passender?
- Wie könntest du beim nächsten Mal frühzeitiger reagieren?

Dasselbe gilt im Übrigen auch für unsere Kinder. Um stressige Situationen abzumildern bzw. vorzubeugen, achte frühzeitig auf deren Belastungsgrenzen.

WAS DEINEN KÖRPER STÄRKT

 # 121 Bewegung in den Alltag einbauen

Alles, was dem Körper guttut, stärkt auch unser Wohlbefinden, denn unser Körper ist mit Geist und Seele eng verbunden. Bewegung hilft unserem Körper unheimlich, negative Emotionen wie Frust und Ärger abzubauen. Integriere Bewegung in deinen Mama-Alltag. Hole die Kinder mit dem Fahrrad vom Kindergarten ab. Gehe mit deinen Kindern raus in die Natur/den Park. Tanze durch das Wohnzimmer und bewege dich intuitiv zur Musik. Probiere verschiedene Sportarten aus und lass dich von deinem Körper leiten. Wenn du ein Sportmuffel bist, verbinde dich mit dem wohligen Gefühl, das sich nach getaner Arbeit einstellt.

 # 122 Körperlich entspannen

Die meisten von uns laufen total verspannt durch den Tag. Kein Wunder bei dem vollgepackten Mama-Alltag. Ein angespannter Körper wirkt sich ebenfalls auf das Gemüt aus. Schüttle dich tagsüber immer mal wieder aus – die Arme, die Beine, die Finger, den Oberkörper. Aufgestaute Anspannung und Stresshormone werden abgeschüttelt. Du lockerst Gelenke, Muskeln und Gewebe und lässt negative Gedanken und Gefühle los. Durch das Schütteln wird dein ganzer Körper mobilisiert und deine Lebendigkeit kommt wieder ins Fließen.

123 Deinen Körper durch Berührung spüren

Berührung ist wichtig für ein positives Wohlgefühl. Berührungen helfen, Stress und Schmerz abzubauen, und haben eine beruhigende Wirkung.[22] Nicht umsonst ist es das, was wir als Erstes machen, wenn unser Baby auf die Welt kommt: Wir nehmen es in den Arm und schenken ihm all die Geborgenheit und Sicherheit, die es gerade braucht. Tu dir daher Gutes: Buche dir eine wohltuende Massage, verwöhne dich selbst mit einer ausgiebigen Fußmassage, lass dich in den Arm nehmen oder kuschle mit deinen Kindern.

124 Deinen Körper durch äußere Reize wahrnehmen

Unsere Haut ist unser größtes Sinnesorgan. Zahlreiche Rezeptoren und Nervenenden befinden sich darin. Dadurch können wir überhaupt erst Wärme, Kälte, Druck, Schmerzen, Berührungen wahrnehmen.[23] Laufe barfuß über die Wiese oder durch den Schnee. Genieße die wohlige Wärme der Sonne auf der Haut. Lass dir den Wind ins Gesicht pusten. Nimm dir regelmäßig ein ausgiebiges Bad. Wenn du duschst, nimm bewusst das Prickeln auf der Haut wahr. Gehe in die Sauna, das Dampfbad oder die Infrarotkabine. Creme oder öle dich genüsslich ein. Lege dich auf eine Akupressurmatte. Das alles hilft, deinen Körper runterzufahren und dich wieder stärker mit dir zu verbinden.

125 Düfte als Stimmungsaufheller nutzen

Ob der Duft einer wunderbar intensiv riechenden Rose oder in Form von ätherischen Ölen: Der wohltuende Geruch wandert innerhalb weniger Sekunden von der Nase in unser limbisches System, also in die Areale in unserem Gehirn, die für unsere Emotionen verantwortlich sind.[24] Die Düfte nehmen damit positiven Einfluss auf unsere Stimmung und unser Wohlbefinden. Du kannst die Öle verdünnt auf die Haut auftragen, im Diffuser nutzen oder in das Badewasser mischen. Ob zur Beruhigung, zur Motivation oder zur Erdung: Öle wirken sich positiv auf das Gemüt aus.

 # 126 Ausgewogene Ernährung

Damit unser Körper funktioniert, benötigt er Energie in Form von gutem Wasser und nahrhaften Lebensmitteln. Wenn uns wichtige Nährstoffe fehlen, leidet unser ganzer Organismus darunter. Dadurch fühlen wir uns schneller gereizt, müde und unausgeglichen. Natürlich verliert man schnell einmal die Freude am Kochen, wenn die Kinder lustlos im Essen herumstochern. Dennoch sollten wir bedenken, dass das, was wir uns täglich zuführen, unser „Treibstoff" ist. Vielleicht hilft es dir, kleine Veränderungen vorzunehmen. Statt des Schokoriegels ein Apfel? Statt der Semmel vom Bäcker Gemüsesticks, die du eh für die Pausenbox der Kinder zubereitest?

 # 127 Intuitives, achtsames Essen

Im Familienalltag geht es oftmals sehr hektisch zu. Wir neigen dazu, das Essen im wahrsten Sinne herunterzuschlingen. Wir essen die Reste der angeknabberten Brezel unseres Kindes, holen uns Fast Food bei der Imbissbude um die Ecke und gönnen uns nach einem langen, anstrengenden Tag die Eiscreme. Weil wir meist abgelenkt sind, verschenken wir wertvolle Momente, um das Essen und Trinken mit allen Sinnen zu genießen. Um dieses Muster zu unterbrechen, habe ich mir angewöhnt, mich bewusst zum Trinken und Essen hinzusetzen. Wenn es dir schwerfällt, gemeinsam mit der Familie in Ruhe zu essen, probiere es zu anderen Zeiten, wo es dir besser gelingt. Wie du weißt, geht es um die kleinen und nicht um die großen Veränderungsschritte, die zum Erfolg führen.

128 Warum ausreichend Schlaf so wichtig ist

Vermutlich ist der Schlaf das, was dir am meisten abgeht, seitdem du Mama bist. Ich verstehe dich so gut! Natürlich können wir nur bedingt beeinflussen, ob wir in der Nacht ungestört schlafen können oder nicht. Aber wir können dennoch viel tun, um für einen guten Schlaf zu sorgen. Doch wozu ist der Schlaf überhaupt wichtig? Schlaf ist einer der wichtigsten Energielieferanten für uns Menschen. Alles, was du am Tag erlebt hast, wird im Schlaf verarbeitet. Darüber hinaus werden die Abwehrkräfte gestärkt, Abbauprodukte des Stoffwechsels abtransportiert und Wachstumshormone zur Zellerneuerung gebildet.[25] Der Schlaf ist also eine wichtige Säule für mehr Gelassenheit und Ausgeglichenheit im Alltag.

129 Was du für einen guten Schlaf tun kannst

Meide vor dem Schlafen Streitgespräche, aufwühlende Nachrichten, Horrorfilme oder Arbeiten im Haushalt. Sie alle pushen dein Energielevel nach oben. *Das Einschlafen wird dadurch erschwert.* Lege dir bereits am Abend eine Aufgabenliste für den nächsten Tag an. Das verhindert das gedankliche Durchkauen der To-dos beim Einschlafen. Schließe den Tag immer mit etwas Erfreulichem ab. Für welche drei Dinge warst du heute besonders dankbar? Setze den Schlaf auf die höchste Prioritätenliste. Lasse dich hierbei so gut es geht unterstützen.

130 Kleine Pause gefällig?

Endlich, das Baby schläft. Nur noch schnell die Wäsche aufhängen, den Boden saugen und das Geschirr wegräumen, dann kann man sich ja mal kurz eine Pause gönnen – leider vergehen keine fünf Minuten und das Baby ist wieder wach. Nur noch kurz die Arbeit fertig machen und dann der Blick auf die

Uhr: „Ach je, schon so spät! Schnell in den Kindergarten." Nun bleibt doch keine Zeit mehr für eine Pause. Hand aufs Herz: *Wie oft verzichtest du auf die Pause, weil alles andere wichtiger ist?*

131 Pausen führen zu innerer Balance

Den wenigsten von uns wurde beigebracht, dass Erholungsphasen genauso wichtig sind wie Zeiten der „Aktivität und Leistung". Vielmehr werden Pausen als Akt der Belohnung verstanden, die wir uns erst „verdienen" müssen. Doch das alles ist ein großes Missverständnis. Um in unserer inneren Balance zu bleiben, braucht es beides: Anspannung und Entspannung. *Denn erst durch die Entspannungsphasen wird es uns möglich, produktiv und leistungsfähig zu werden.*[26] Dich zurücklehnen, ein Glas Wasser trinken, die Sonne genießen, in die Ferne blicken – einfach mal nichts tun, das ist Balsam für deine Seele. Falls dir das schwerfällt, so frage dich: *Was ist das Schlimmste, was passieren würde, wenn ich ... jetzt nicht mache?*

132 Richtiges Atmen sorgt für Entspannung

Über die richtige Atmung kannst du relativ schnell deinen Körper in einen entspannten Zustand bringen und innere Anspannungen loslassen. Beim Einatmen nehmen wir Lebensenergie auf, beim Ausatmen geben wir Altes, Verbrauchtes ab. Durch den tiefen Atem vermittelst du dem Körper, dass alles gut ist und keine Gefahr droht.[27]

133 Übung: Tiefe Bauchatmung

Hier eine alltagstaugliche Atemübung, die dir hilft, mehr Gelassenheit in den Alltag zu bringen:

Anleitung:

- Setze dich aufrecht auf einen Stuhl
- Lege deine Hände auf den Bauch
- Richte deine Aufmerksamkeit auf deinen Atem
- Atme durch die Nase bewusst tief in den Bauch hinein
- Wölbe dabei deinen Bauch nach außen
- Atme durch den Mund langsam aus
- Ziehe dabei deinen Bauch ein
- Führe die Übung einige Male durch, bis du dich entspannter fühlst

 # 134 Hilfe, wann soll ich das alles machen?

Vielleicht denkst du bis hierhin: Ist ja schön und gut, das alles zu lesen, aber wie soll ich das in meinen Alltag integrieren? Ich kann dich gut verstehen. Doch mehr Selbstfürsorge und Achtsamkeit führen zu mehr Ausgeglichenheit und Kraft. *Lass jeden Tag etwas mehr von dem, was dir schadet, weg und tue etwas von dem, was dich stärkt.* Du wirst sehen, die ersten Erfolge werden sich bald einstellen.

DICH MIT DEINEM KÖRPER VERSÖHNEN

 # 135 Fühlst du dich in deinem Körper wohl?

Die vielen Dehnungsstreifen an Oberschenkel und Brust, die Kaiserschnitt-Narbe, die sich über den Unterleib zieht, die vielleicht hinzugekommenen Pfunde: All diese Makel sorgen dafür, dass sich viele von uns Müttern in ihrer Haut nicht (mehr) wohl fühlen. Wie viele von uns Mamas mögen sich schon vor ihren Partnern/Partnerinnen im Dunklen und hinter weiten T-Shirts und Hosen versteckt haben, weil sie sich für ihren Körper schämen? *Doch selbst wenn wir alle dasselbe essen würden, uns gleich viel bewegen würden, würden wir trotzdem unterschiedlich aussehen. Meinst du nicht auch?*

 # 136 Du bist schön, so wie du bist

Vielleicht kennst du auch Frauen, die so einen „gewissen Glow" ausstrahlen, sobald sie einen Raum betreten. Und das hat nicht unbedingt etwas mit ihrer Figur zu tun. Diese Mutter bejaht ihren Körper und begreift ihn als wahres Wunderwerk. „Sie fühlt ihre Einzigartigkeit und Schönheit, die sich nicht an engen Schönheitsidealen misst."[28] Mit ihren Streifen, Narben und Kilos zu viel auf den Rippen verbindet sie das, was ihr Körper gemeistert hat: *Er hat einem kleinen Wesen sein Leben geschenkt.*

 # 137 Von innen nach außen

Ja, mit den Jahren mag der Körper vielleicht nicht schöner werden, aber was bedeutet schon schön? Äußere Schönheit ist kein Garant, um glücklich zu sein. Wenn wir allerdings damit beginnen, uns selbst zu akzeptieren und zu lieben, schaffen wir eine ganz besondere Aura, die sich nicht kaufen lässt. Und wer eine tolle Ausstrahlung hat, zieht auch positive Dinge an. *Finden wir die Schönheit in uns, dann strahlen wir das aus – denn echte Schönheit kommt wahrlich von innen.*

138 Vorbild für deine Kinder sein

Jeden prüfenden Blick, den du dir im Spiegel zuwirfst, kriegen auch deine Kinder zu spüren. Dein Kind denkt: „Ah, Mama findet ihren Po nicht schön. Vermutlich sollte ich auch darauf achten?" Wenn du zu deinem Körper ein positives Körpergefühl aufbaust, wirst du zum bewussten Vorbild auch für dein Kind. Du schaffst damit eine gute Basis dafür, dass dein Kind seinen Körper ebenfalls lieben und wertschätzen lernt.[29]

139 Übung: Ein Ja zu deinem Körper

Diese Übung[30] soll dir helfen, eine wohlwollende Haltung dir selbst gegenüber einzunehmen.

Anleitung:

- Wenn du magst, führe die Übung vor einem Spiegel durch
- Setze dich bequem hin
- Finde ein Körperteil, das du an dir magst
- Lege deine Hand sanft auf die jeweilige Körperstelle
- Sage ihm laut, was du an ihm magst und warum
- Bedanke dich bei ihm, für das, was dieses Körperteil dir gibt
- Finde mindestens *zehn Dinge* an deinem Körper, die du gerne magst

Lass die Übung nachwirken. *Wie geht es dir damit?*

140 Übung: Erwecke das staunende Mädchen in dir

Kannst du dich noch daran erinnern, wie du vor Mamas Kleiderschrank standst und voller Neugier auf die vielen schönen Kleider geblickt hast, wie du in Mamas Schuhe geschlüpft bist und dich in Tücher und Kleider gehüllt vor dem Spiegel gedreht und bestaunt hast? Damals war es dir völlig egal, ob jemand anderes dich bewundert hat oder nicht. *Gehe auch heute einmal zu deinem Kleiderschrank, wirf dich in Schale und erwecke das staunende Mädchen in dir.*

141 Die Sprache unseres Körpers verstehen

Was wäre, wenn wir keine Schmerzen mehr empfinden würden, die uns vor Verletzungen schützen oder gar Entzündungen anzeigen? Was wäre, wenn unsere Seele keine Chance mehr hätte, uns über den Körper Botschaften zu senden? Vergiss nicht: *Dein Körper ist in jeder Sekunde deines Lebens für dich, nicht gegen dich. Schließe Frieden mit ihm.*

ALLES, WAS DU BRAUCHST - DEINE BEDÜRFNISSE

„Dir deine Bedürfnisse zu erfüllen ist das, wonach du dein ganzes Leben strebst."
Anja Jungbeck

 # 142 Was sind Bedürfnisse?
Wusstest du, dass alles, was wir tun und lassen, direkt oder indirekt darauf abzielt, die eigenen Bedürfnisse zu befriedigen?[31] Egal ob du einkaufen gehst, den Kindern bei den Hausaufgaben hilfst oder dich mit deinem/deiner Partner/in streitest. Die *Bedürfnisse* zu erkennen und zu erfüllen, ist für unser *körperliches und seelisches Wohlbefinden essentiell.* Bedürfnisse sind der *Motor unseres täglichen Handelns*, ob bewusst oder unbewusst.

 # 143 Welche Bedürfnisse gibt es?
Genug zum Essen und zum Trinken, ein schützendes Dach über dem Kopf, wärmende Kleidung und ausreichend Schlaf: Das brauchen wir alle – damit es uns gut geht. Es zählt zu unseren essentiellen Grundbedürfnissen. Nach dem Psychologen Maslow, dem Entwickler der Bedürfnispyramide,[32] gibt es noch weitere Bedürfnisse, wie das Bedürfnis nach Sicherheit, Bindung, Autonomie, aber auch nach Wertschätzung und Anerkennung oder das der Selbstverwirklichung.

144 Das mit den Bedürfnissen ist gar nicht so einfach

In der frühen Kindheit haben wir meist nicht den richtigen Umgang mit unseren Bedürfnissen gelernt. Da ist zum Beispiel das kleine Mädchen, das sich das Knie aufgeschlagen hat und deren Mutter sie aufforderte, endlich ruhig zu sein. Oder das Mädchen, das in der Schule gehänselt wurde, jedoch aus Scham zu Hause nichts davon erzählt. Aber auch unsere eigenen Eltern kannten ihre Bedürfnisse oftmals gar nicht und konnten daher kein adäquates Vorbild für uns sein.

145 Erst das Baby, dann die Mama

Wusstest du, dass auch die Mutter Natur evolutionsbedingt dafür sorgt, dass wir frischgebackene Mütter vorübergehend unsere Bedürfnisse zurückstellen? Das ist zunächst auch total sinnvoll, denn die Bedürfnisse des Babys wollen in der Regel sofort befriedigt werden.[33] Doch die Gefahr ist groß, gerade auch in dieser Zeit unsere eigenen Bedürfnisse zu übergehen. Wenn wir nicht auf uns achten, geht das Ganze sehr bald an die Substanz und wir fühlen uns sehr viel schneller gereizt und energielos.

146 Wie kannst du dir ein Bedürfnis erfüllen?

Um sich ein Bedürfnis zu erfüllen, brauchen wir Strategien. Das möchte ich dir hier genauer erläutern: Nehmen wir an, du hast das Bedürfnis nach Ruhe und Entspannung. Während dir das warme Schaumbad hilft, für die Erfüllung deiner Bedürfnisse zu sorgen, geht dein/e Partner/in lieber zum Joggen. Ihr seid also beide daran interessiert, das Bedürfnis nach Ruhe und Entspannung zu stillen – lediglich über unterschiedliche Wege (= Strategien). Hier kommt es oft zu Konflikten, weil wir unbewusst davon ausgehen, dass unser Gegenüber dieselbe Strategie nutzt wie wir selbst.

 # 147 Bedürfnis oder Strategie?

Häufig wird die Strategie mit dem Bedürfnis verwechselt.[34] Auch das birgt großes Konfliktpotenzial. Vielleicht bist du es gewöhnt, bei Kummer zur Schokolade zu greifen. Damit *verwechselt* du allerdings *die Strategie* mit dem *dahinterliegenden Bedürfnis*. Das Bedürfnis ist vielleicht das nach Verbindung. Das bleibt allerdings weiterhin unerfüllt, denn die Schokolade kann dieses Bedürfnis nicht ersetzen. Um für dein Wohlbefinden zu sorgen, ist es daher wichtig, deine Bedürfnisse und die jeweiligen Strategien herauszufinden. *Welche Bedürfnisse stecken hinter deinen Strategien?*

 # 148 Ungünstige Strategien führen zu Frust

Viele von uns tun alles dafür, andere glücklich zu machen. Sie verschenken all ihre Liebe und Zuwendung, in der Hoffnung, dasselbe zurückzubekommen – und das völlig unbewusst. Sie sind die Ersten, die vor Ort und Stelle sind, wenn es brennt. Sie sind diejenigen, die aus Gefälligkeit die Überstunde im Büro machen. Hinter allem steckt das große Bedürfnis nach Anerkennung und Wertschätzung. Doch diese Strategie fällt uns spätestens dann auf die Füße, wenn wir völlig erschöpft zusammenbrechen oder uns der Kragen platzt.

 # 149 Der Weg hinaus

Kennen wir hingegen unser Bedürfnis, so können wir auch unsere Strategie ändern. Wir können uns beispielsweise selbst darum kümmern, uns diese Wertschätzung zu geben, indem wir uns wichtig nehmen und Dinge machen, die uns guttun. Dadurch steigt auch unsere Zufriedenheit, weil unser Bedürfnis gesättigt wird. *Was sind deine Strategien, um dein Bedürfnis nach Anerkennung und Wertschätzung zu erfüllen?*

150 Bedürfnisse im Alltag erkennen

Die eigenen Bedürfnisse zu erkennen, ist – wie du vermutlich selbst schon bemerkt hast – leichter gesagt als getan. Und zwar deshalb, weil wir in unserem Alltag zu über 90 % im Autopilot-Modus unterwegs sind. Um deine Bedürfnisse wahrzunehmen, brauchst du Zugang zu deinem Körper und deinen Gefühlen. Das Bedürfnis steht immer hinter unseren Empfindungen. Wenn du dich gerade über deine Kinder ärgerst, fühle in dich hinein: *Was ist das, was du gerade brauchst, damit es dir besser geht?* Wenn du die Antwort gefunden hast, dann weißt du in der Regel, um *welches Bedürfnis* es sich handelt.

151 Übung: Dein täglicher Bedürfnis-Check

Um herauszufinden, welches Bedürfnis sich gerade meldet, hilft dir diese Übung:

- Lege deine Hand auf dein Herz
- Atme ein paar Mal tief ein und aus
- Verbinde dich mit dir
- Frage dich: Wie geht es mir gerade?
- Was brauche ich gerade?
- Wie kann ich mir dieses Bedürfnis erfüllen?
- Fühlt sich diese Strategie gut an?

Ich empfehle dir, diesen Check mehrmals am Tag durchzuführen. Je öfter du ihn umsetzt, desto leichter wird es dir gelingen, deine Bedürfnisse wahrnehmen und benennen zu können.

152 Ist das nicht egoistisch?

Ein kleines Fallbeispiel aus der Praxis: Claudia ist verheiratet und Mama eines Teenagers. Sie ist sehr erfolgreich in ihrem

Job, fühlt sich allerdings schon seit geraumer Zeit ziemlich gestresst und ausgelaugt. Im Coaching setzt sie sich unter anderem zum Ziel, ein ganzes Wochenende alleine wegzufahren. Allerdings beginnt sich kurze Zeit später ihr schlechtes Gewissen zu melden: Das sei verantwortungslos und egoistisch. Während ihrer Abwesenheit würde der Sohn das ganze Wochenende vor dem Computer sitzen, das könne sie so nicht hinnehmen. *Doch ist das wirklich wahr?*

153 Wer wirklich profitiert

Dieses Beispiel zeigt auf, wie es vielen Müttern geht: Wir ignorieren unsere Bedürfnisse, aus Sorge, andere könnten darunter leiden. Doch die Frage ist, ob nicht beide – also Mutter und Sohn – davon profitieren würden, wenn sie sich ihre Auszeit nehmen würde: die Mutter, weil sie sich um sich selbst kümmert, und der Sohn, der vielleicht vor dem Computer sitzt, aber weitaus langfristiger von einer ausgeglichenen Mutter profitiert.

154 Alle Bedürfnisse in der Familie zählen

Wenn wir der Meinung sind, Kinder kommen zuerst, laufen wir Gefahr, unsere Bedürfnisse zu übergehen und unseren Bedürfnistank damit restlos zu leeren. Gleiches gilt auch, wenn die Bedürfnisse der Kinder keinen Raum bekommen. Diesen Kindern mangelt es dann nicht selten an Urvertrauen und Sicherheit.[35] Wie immer kommt es daher auf das gesunde Maß an: Kinder brauchen unsere Unterstützung, um ihre Bedürfnisse wahrnehmen und benennen zu können. Gleichzeitig benötigen sie auch uns Erwachsene, die ihnen aufzeigen, dass auch sie Bedürfnisse haben.

155 Du kannst nur das geben, was du selbst zu viel hast

In erster Linie muss es dir als Mutter gut gehen. Es ist wie im Flugzeug: Nicht ohne Grund heißt es, wir sollen zuerst uns die Sauerstoffmaske aufsetzen und dann unseren Kindern helfen. Niemand ist glücklich, wenn es Mama nicht ist. Ganz im Gegenteil. Umso weniger wir uns um uns selbst kümmern, desto gestresster und emotionaler sind wir, und das kriegen dann auch unsere Kinder zu spüren. Sorge daher für dich, als ob dein Leben davon abhängen würde – denn das tut es. *Ein hilfreiches Mantra hierfür: Auch ich bin wichtig und kümmere mich um mich.*

156 Was passiert, wenn es Mama nicht gut geht

Kinder wollen immer, dass es ihren Eltern gut geht. Deswegen fühlen sie sich auch schnell für das Wohlbefinden von Mama und Papa verantwortlich.[36] Das passiert oftmals völlig unbewusst, indem sich die Kinder beispielsweise stark anpassen, damit sie die Mama nicht noch mehr belasten. Durch ihr Verhalten versuchen sie, das Optimum an Zuwendung zu erhalten.[37] Damit bürden wir Kindern oftmals eine große Last auf. Denn sie sind natürlich nicht in der Lage, unsere ungesättigten Bedürfnisse zu befriedigen.

157 Gemeinsame Familienstrategien finden

In der Tat ist es manchmal gar nicht so einfach, gleichzeitig für die Erfüllung der Bedürfnisse aller Familienmitglieder zu sorgen. Doch sicherlich kennst auch du Situationen im Alltag, in denen du völlig anders reagierst, wenn du dich energiegeladen fühlst. Daher besteht ein erster wichtiger Schritt darin, *deine Akkus regelmäßig aufzutanken.* Wenn Bedürfnisse kollidieren, ist es sinnvoll, einen gemeinsamen Weg zu finden.[38]

Wenn du dich nach Entspannung sehnst, dein Kind allerdings nach Aktivität, dann ist statt Yoga vielleicht ein Ausflug in den Wald/Park eine Möglichkeit? Natürlich ersetzt diese Strategie nicht die Yoga-Stunde selbst, die wäre wiederum über eine feste Me-Time regelbar. *Flexibler in deinen Strategien zu werden, hilft dir, in einen unbeschwerten, einfacheren Alltag zu finden.*

158 Gut gesehen ist halb erfüllt

Es gibt natürlich auch Zeiten, da kannst du nicht sofort auf deine oder die Bedürfnisse deines Kindes eingehen. Manchmal reicht es dann bereits aus, dein Bedürfnis wahrzunehmen. Du kannst dir sagen: „Ich merke, es wird mir gerade zu viel." Es reicht dann vielleicht aus, einmal kurz durchzuatmen. Zu deinem Kind kannst du sagen: „Oh ja, ich sehe, du hast etwas ganz Schönes gebastelt. Lass mich erst die Schuhe ausziehen, dann kann ich es mir noch einmal in Ruhe anschauen." Ein Bedürfnis zu *sehen*, macht einen großen Unterschied und verhindert so manchen Unmut.

Umgang mit großen Gefühlen – Wut, Trauer, Schuldgefühle und Ängste

*„Unsere Gefühle sind das,
was unser Leben erst wirklich bunt macht."*
Anja Jungbeck

 # 159 Die Aufgabe unserer Gefühle

Unsere Gefühlswelt ist eng mit unseren Bedürfnissen verwoben. Um das genauer zu erklären, möchte ich mit dir eine Situation teilen, die ich mit meiner Tochter erlebt habe: Meine Tochter wollte unbedingt ein kurzes Sommerkleid anziehen, obwohl die Temperaturen und das Wetter überhaupt nicht dafür sprachen. Trotz mehrerer Überzeugungsversuche ließ sie sich nicht von ihrem Vorhaben abbringen. Ich spürte, wie langsam Wut in mir aufstieg, und dachte mir: „So kann ich dich nicht in den Kindergarten schicken. Was wäre ich nur für eine Mutter?"

Viele von uns denken, dass unsere Umstände bestimmen, wie wir uns fühlen. Das ist aber nur bedingt richtig. Denn wie du dich fühlst, hat sehr viel damit zu tun, wie du bestimmte Ereignisse interpretierst. *Gefühle* sind die Sprache unserer Seele. Sie erzählen unsere einzigartige Geschichte. Gefühle, die wir als unangenehm empfinden, machen uns auf innere Konflikte (z. B. Glaubenssätze) und Bedürfnisse aufmerksam, die (noch) nicht befriedigt sind, wohingegen positive Gefühle die ganze Schönheit, Lebendigkeit und Freude in unserem Leben zum Ausdruck bringen.[39]

160 Gefahr erkannt, Gefahr gebannt

Zurück zu meiner Tochter. Unter meiner Wut sitzt eine Angst: die Angst, eine „schlechte“ Mutter zu sein. Jedoch ist die Angst völlig unbegründet. Meinen Job als Mutter mache ich nicht schlecht, nur weil ich sie in unpassender Kleidung in den Kindergarten schicke. Ich habe ihr daraufhin Ersatzkleidung mitgegeben und das Problem hat sich erledigt. *Je besser wir unsere Gefühle „lesen“ können, desto zielgerichteter können wir für unser Wohlbefinden sorgen.*

161 Du bist nicht dein Gefühl, du hast eines

Häufig verlieren wir uns in der Wut, in der Trauer oder in der Angst. Wenn wir sagen „Ich bin traurig“, identifizieren wir uns mit diesem Gefühl. Wir denken, wir sind das Gefühl. Dadurch fällt es uns schwerer, von diesem Gefühl Abstand zu nehmen.[40] Zwar sind Gefühle im Moment immer wahr, jedoch lediglich bezogen auf die Gedanken, die du damit verknüpft hast. Daher ist es enorm wichtig, nicht alles zu glauben, was du fühlst und denkst. *Sage dir: Ich nehme gerade ein Gefühl von Angst wahr. So kannst du einen gesunden Abstand schaffen und prüfen, ob die Angst in diesem Moment berechtigt ist oder nicht.*

162 Gefühle sind da, um gefühlt zu werden

Die meisten von uns haben im Laufe ihres Lebens gelernt, alle unangenehmen Gefühle zu unterdrücken, um den damit verbundenen Schmerz nicht fühlen zu müssen. Doch der Schmerz findet seine Wege, indem Umstände oder Menschen, wie beispielsweise deine Kinder, diesen triggern. Weichst du nun aus und meidest die Gefühle, dann wirst du ihre wahre Bedeutung nicht erfahren. Und dein Leben wird weiterhin so bleiben wie bisher.

163 Übung: Dein Gefühl verstehen

Diese Übung hilft dir, Kontakt mit deinen Gefühlen aufzunehmen und ihre Botschaft zu entschlüsseln. Je besser du lernst, deine Gefühle zu erkennen, desto schneller kannst du sie auch verändern. Nimm dir Stift und Papier zur Hand und beantworte folgende Fragen:

- Wo in deinem Körper nimmst du dieses Gefühl/die Anspannung wahr?
- Wenn dieses Gefühl eine Form hätte, welche wäre das? Wäre es rund, eckig oder ganz anders?
- Welche Farbe hätte dieses Gefühl?
- Welchen Klang oder auch Geruch hätte es?
- Gib dem Gefühl nun Platz in deinen Körper. Erlaube ihm, einfach da zu sein
- Spüre einmal hin: Was hat das Gefühl dir zu sagen?
- Was braucht das Gefühl? Liebe? Zuwendung? Anerkennung? Trost?
- Gib ihm das, was es braucht
- Bleibe so lange in dem Gefühl, bis es sich leichter anfühlt

164 Umgang mit Wut

Wut – ohne Vorwarnung übernimmt sie im Mama-Alltag schnell einmal das Ruder. Sie lässt uns Dinge sagen und tun, die wir später nicht selten zutiefst bereuen. *Doch was wäre, wenn die Wut etwas ganz für dich will?* Die Wut möchte dich eigentlich nur beschützen. Sie möchte dir dabei helfen, für deine *eigenen (Belastungs-)Grenzen einzustehen.*[41] Natürlich sollte Wut keine Einladung für dich sein, wie ein wild gewordenes Tier durch die Gegend zu laufen. Deine Wutkraft hilft dir dann, deine Grenzen auf angemessene Art zu verteidigen und dies auch respektvoll zu kommunizieren. Frage dich: *Was macht dich wütend? Wie kannst du dafür sorgen, dass es dir besser geht?*

165 Umgang mit Traurigkeit

Vielleicht stimmt es dich sehr traurig, dass dein Kind bald euer Zuhause verlässt. Du blickst wehmütig auf die vielen gemeinsamen Jahre und kannst dir noch gar nicht vorstellen, wie es in Zukunft weitergehen soll. Oder du fühlst dich in deiner Rolle manchmal ganz schön hin- und hergerissen. Du betrachtest das Mamasein als Geschenk, gleichzeitig vermisst du die Freiheiten, die du hier und jetzt im vollen Umfang nicht mehr hast. Trauer ist der Prozess des Loslassens. Erlaube dir, diese Trauer zu fühlen. Wenn du die Trauer auslebst, wird dir das Loslassen leichter gelingen. *Frage dich: Was ist es, das dir hier und jetzt Trost spenden würde?*

166 Umgang mit Enttäuschung

Vielleicht hast du dir das Mamasein aber auch ganz anders vorgestellt und bist darüber sehr enttäuscht. Auch das darf sein. *Woher solltest du auch wissen, wie es wirklich ist?* Enttäuschungen entstehen immer dann, wenn unsere Wünsche, Bedürfnisse und Erwartungen nicht erfüllt werden. Vielleicht ist es an der Zeit, dich von diesen (hohen/idealisierten) Erwartungen zu lösen. *Was genau enttäuscht dich? Was brauchst du, damit du dich besser fühlst?*

 # 167 Umgang mit schlechtem Gewissen und Schuld
Das Gefühl von Schuld ist ein sehr schweres Gefühl, das unser Leben sehr belasten kann. *„Habe ich das richtig gemacht?"* Diese Frage stellen wir uns Mütter häufig. Sie impliziert, dass wir bereits annehmen, etwas „falsch" gemacht zu haben. Das Schuldgefühl an sich will uns im Grunde genommen lediglich vor dem Ausschluss aus der Gemeinschaft bewahren. Haben wir einen Fehler verursacht, so entschuldigen wir uns und der Vorfall ist normalerweise bereinigt. Schuldgefühle zeigen oftmals aber auch auf, dass du ein Leben entlang der Erwartungen anderer führst. Dann kann es sehr entlastend und heilsam sein, die eigenen Überzeugungen zu hinterfragen.

 # 168 Wir selbst sind unsere schärfsten Kritikerinnen
Besonders in Situationen, in denen wir etwas falsch machen, gehen wir mit uns oftmals äußerst hart ins Gericht. Wir fangen an, unfreundliche Dinge zu uns selbst zu sagen: „Ich bin so blöd!", „Wie konnte mir das bloß passieren?!", „Nie kann ich etwas richtig machen!". Nicht einmal mit unserer besten Freundin würden wir so umgehen. *Doch was wäre, wenn diese Sätze gar nicht von dir selbst kommen, sondern von deiner „inneren Kritikerin"?*

 # 169 Übung: Gespräch mit deiner inneren Kritikerin
Stell dir vor, diese innere Kritikerin wäre ein kleines Wesen. Wie würde sie aussehen? Wie ein kleines Teufelchen auf der Schulter sitzend? Lass die Stimme des Teufelchens einmal etwas liebevoller und wohlwollender werden. Du kannst der Kritikerin auch so etwas sagen wie: „Vielen Dank für deine wertvollen Hinweise. Vielleicht kannst du mir ja helfen, neue Strategien zu finden, damit ich es beim nächsten Mal besser machen kann?" *Was verändert sich durch diese Übung in dir?*

170 Fehler zu machen ist erlaubt

Manch einer von uns glaubt, dass Fehler zu machen bedeutet, dass *wir selbst* fehlerhaft sind. Doch das ist völliger Blödsinn. Fehler passieren jeden Tag. Das zeigt, dass du ein Mensch bist und keine programmierte Maschine, der im Übrigen auch ein Fehler unterlaufen kann. Alle Mütter machen Fehler, aber das Bemühen, diese zu korrigieren, ist das, was wirklich zählt.[42] Fokussiere dich daher immer darauf, was du daraus lernen konntest. Manchmal ist eben auch ein Stolpern eine Art, um weiterzukommen. *Ersetze den Begriff „Fehler" ab sofort durch das Wort „Erfahrungen" und spüre, was sich in dir verändert.*

171 Umgang mit Angst

Viele Sorgen, Zweifel und Unsicherheiten lassen sich auf unsere Ängste zurückführen: die Angst, nicht gut genug zu sein, die Angst, etwas nicht richtig zu machen, oder die Angst, abgelehnt zu werden. Das Kind will nicht lernen. Sofort kommt der Gedanke: „Oh Gott, was soll aus ihm werden?" Wir neigen dazu, Dinge schnell einmal überzubewerten, und malen uns die größtmöglichen Horrorszenarien aus. Das sorgt für Stress, Druck und Anspannung, die sich auf die ganze Familie ausbreiten. *Doch wie viel von dem, was in unserem Kopf herumspukt, tritt wohl wirklich ein?*

172 Was die Angst wirklich möchte

Die Angst an sich will dich im Grunde genommen nur beschützen. Sie möchte dich und deine Kinder vor Gefahren bewahren. Stell dir einmal vor, du hättest keine Angst mehr: Du würdest völlig sorglos auf die Straße gehen und das nächstbeste Auto würde dich überfahren. Daher ist es auch nicht sinnvoll, Ängste „wegzumachen", sondern es geht darum, einen guten Umgang mit ihnen zu erlernen. Die Angst zeigt auf, dass du auf dich Acht geben sollst. Manchmal möchte sie dich auch vor altem Schmerz beschützen. Gehe in Verbindung mit ihr und höre, was sie zu sagen hat.

173 Übung: Mit der Angst anfreunden

Hier ist eine kleine Übung, die zeigt, wie du mit Angst besser umgehen kannst:

- Stelle dir vor, wie die Angst vor dir sitzt
- Wie sieht sie aus? Wie groß ist sie?
- Wenn sie dir sehr übermächtig vorkommt, tritt einen Schritt zurück
- Frage dich: Wie realistisch ist meine Angst wirklich?
- Was wäre das Schlimmste, das passieren würde?
- Würdest du die jeweilige Situation überleben?
- Egal, worin dich deine Angst lähmt, lass sie da sein und nimm sie als *einen Teil von dir* an. Mache dir aber gleichzeitig bewusst, dass du noch viel mehr Anteile in dir trägst: Liebe, Zuversicht, Stärke, Mut, Freude, Disziplin, Ausdauer – aktiviere auch diese Anteile in dir.

174 Die Angst davor, als Mutter zu versagen

Vielleicht hast auch du manchmal Angst davor, dass bestimmte Entscheidungen das ganze Leben deines Kindes ruinieren. Doch unsere Kinder werden nicht durch den „einen Fehler" oder durch die „eine Entscheidung" geprägt. Ihr Leben wird durch zahlreiche Faktoren beeinflusst: die eigene Persönlichkeit, den Freundeskreis, die Umgebung, in der die Kinder aufwachsen. Und nicht zuletzt sind es die vielen kleinen Entscheidungen, die wir Tag für Tag treffen. Löse dich daher von dem Gedanken, die ganze Verantwortung für das Leben deiner Kinder zu haben. Das sorgt lediglich für unnötigen Druck, den wiederum auch deine Kinder zu spüren bekommen. Im Gegenteil: Vertraue darauf, dass deine Kinder ihr Leben meistern werden.

175 Die Sache mit dem Bauchgefühl

„Hör auf dein Bauchgefühl", bekommen wir als Mutter häufig zu hören. Doch ist auf unsere innere Stimme wirklich Verlass? Unser Bauchgefühl bezieht sich vor allem auf Informationen aus dem Unterbewusstsein. Hier sind all unsere Erfahrungen gespeichert, die für unser Bewusstsein so gar nicht zugänglich sind.[43] Das bedeutet auch, dass unser Bauchgefühl stark auf unseren Erfahrungen beruht – also auf unseren Glaubenssätzen, Überzeugungen und Meinungen, die wir in uns abgespeichert haben. Wenn dein Kind beispielsweise von einem großen Klettergerüst heruntergefallen ist und sich den Arm gebrochen hast, wird dir dein „Gefühl" in zukünftigen ähnlichen Situationen vermutlich schneller rückmelden, dass „Gefahr" droht. Je besser wir unsere Bedürfnisse, Wünsche und Ängste kennen, desto mehr können wir auf unsere „wahre" Intuition vertrauen.

176 Ein Tanz der gegensätzlichen Pole

Die intensivsten Momente im Leben erleben wir, wenn wir *zwei gegensätzliche Gefühle gleichzeitig fühlen* – dann erfassen wir das Leben in seiner Ganzheit. Lerne daher, mit jedem einzelnen Gefühl zu tanzen!

- Du darfst darüber verärgert sein, weil dir etwas misslungen ist, gleichzeitig darfst du dich dafür wertschätzen, dass du in diesem Moment dein Bestes gegeben hast.

- Du darfst wütend sein, weil dein Kind mit seinen Schuhen auf dem frisch gewischten Boden Fußabdrücke hinterlässt, gleichzeitig darfst du dich daran erfreuen, dass einer deiner Lieblingsmenschen gerade nach Hause gekommen ist.
- Du darfst traurig sein, dass dein Kind das Haus verlässt, gleichzeitig darfst du dich aber für dein Kind freuen, weil es für seinen Traum vom eigenen Leben losgeht.

DEINE PERSÖNLICHEN KRAFTQUELLEN ENTDECKEN

„Meist sind wir aus der Balance,
nicht weil wir zu viel machen,
sondern von dem zu wenig machen,
was uns wirklich guttut."
Anja Jungbeck

 # 177 Was sind Kraftquellen?

Kennst du schon deine persönlichen Kraftquellen? Kraftquellen sind deine täglichen Aufladestationen, um deinen Energietank aufzufüllen. Das können Aktivitäten, Menschen, aber auch Situationen sein, in denen dein Herz aufgeht. Das alles hilft dir, die Verbindung zu dir (wieder) zu stärken und Kraft aus dir selbst zu schöpfen. Ist dein Energietank gut gefüllt, kannst du mit dem Alltagstrubel viel besser umgehen. Du wirst fokussierter durch den Alltag gehen und gelassener auf Situationen reagieren, die du eh nicht ändern kannst. *Schenke dir daher regelmäßig ein paar Momente, um aus deinem Alltag auszusteigen.*

 # 178 Regelmäßig Kraft tanken

Viele von uns bemerken erst sehr spät, dass der Energietank ziemlich leer ist. Doch es ist wie mit dem Akku unseres Smartphones: Je niedriger der Akkustand, desto länger dauert es, ihn wieder aufzuladen. Daher ist es so wichtig, erst gar nicht in den „Stromsparmodus" zu kommen. Das regelmäßige Auftanken deines Akkus bringt auch mehr als der langersehnte Urlaub. Spüre einmal in dich hinein: *Woran merkst du, dass sich dein Energietank leert?*

179 Oje, falschen Kraftstoff getankt

Nicht alles, was Spaß macht, füllt unbedingt den Energietank. Das wissen wir spätestens dann, wenn uns das Glas Wein zu viel am Abend zuvor einen Morgen mit Kopfschmerzen beschert und unser Kind uns unsanft aus dem Schlaf reißt. Vielleicht haben sich auch bei dir Gewohnheiten eingeschlichen, von denen du denkst, sie würden dir guttun, das tun sie aber in Wirklichkeit nicht. *Was hast du für Angewohnheiten, obwohl du weißt, dass sie dir eigentlich gar nicht guttun?*

180 Völlig unterschiedlich

Auch wenn die beste Freundin joggt oder meditiert, ist es für dich vielleicht wichtiger, Zeit mit deinem/deiner Partner/in zu verbringen. Es kann auch sein, dass sich, seitdem du Mama bist, deine Lieblingsaktivitäten verändert haben. Daher ist es so wichtig, dem nachzugehen, was sich für dich gut und richtig anfühlt.

181 Die Sache mit dem Glücklichsein

Ob das teure Smartphone, das schnelle Auto oder der Einkaufstrip in der Innenstadt: All das verschafft kurzfristige Glücksmomente. Doch der Konsumrausch bleibt in den meisten Fällen wahrlich ein Rausch. Hinter dem Konsum verbirgt sich oftmals eine Suche – die Suche nach dem wahren Glück. Doch innere Leere lässt sich nicht mit dem Außen füllen. Im Gegenteil: Je mehr wir uns ablenken, desto mehr verschließen wir uns vor dem, was uns wirklich nährt. *Weißt du bereits, was dich wirklich nährt?*

182 Übung: Was bringt dir Energie?

Ich bitte dich, dir für diese Übung kurz Zeit zu nehmen und alle Tätigkeiten, Situationen und Aktivitäten aufzuschreiben, die dich *in einen guten Zustand* bringen. Schreibe alles auf, ohne Wenn und Aber. Kleine und große Dinge. Nimm dir dafür mindestens 15 Minuten Zeit. Folgende Fragen sollen dich dabei unterstützen:

- Welche Tätigkeiten/Aktivitäten bringen dir wirklich Freude?
- Wann vergisst du die Zeit?
- Was bringt dich zum Lachen?
- Was berührt dich zutiefst?
- Wann und wo fühlst du dich frei, wild und lebendig?

183 Ausprobieren und nachspüren

Vielleicht wirst du überrascht sein, was das für Ideen sind. *Nimm dir nun zum Ziel, in den nächsten 72 Stunden eine dieser Ideen zu realisieren.* Spüre nach der Umsetzung in dich hinein. Wie ist es dir ergangen? Hat es dir gutgetan? Wenn ja, dann wird es Zeit, diese Dinge in deinen Terminkalender aufzunehmen.

DIE MAGIE VON PERSÖNLICHEN KRAFTORTEN

184 Kraftplatz zu Hause einrichten

Einen Rückzugsort in den eigenen vier Wänden zu haben, kann zu einer äußerst wichtigen Kraftquelle werden. Vor allem wenn du kleine Kinder zu Hause hast, kann dieser Platz eine Wohltat sein. Denn dadurch fällt es dir viel leichter, dich für einige Momente aus dem Alltagsgeschehen ausklinken zu können. Ein Ort, an dem du dich sammeln, sortieren und auftanken kannst. Das muss auch nicht unbedingt ein Raum sein, manchmal reicht schon eine schöne Ecke, die du nach deinen Wünschen einrichtest. Gestalte den Platz mit erfreulichen Dingen, die dein Herz berühren: aufbauende Bilder, Sprüche, Affirmationen, Gegenstände. Probiere es aus!

185 Kraftplatz in der Natur

Hast du schon einen Lieblingsruheort? Einen bestimmten Urlaubsort oder einen Platz in der Natur, der dich immer wieder aufs Neue verzaubert? Einen Ort, an dem du Stunden verbringen kannst? Ich bin mir sicher, für jeden gibt es so einen „Happy Place" – tanke dort regelmäßig Kraft und du wirst sehen, wie sehr dir das Energie für den Alltag bringen wird.

186 Übung: Imaginärer Kraftort

Wusstest du, dass es so etwas wie einen inneren Kraftort gibt? Dieser Kraftort kann ein wunderbarer Rückzugsort sein, den du innerhalb weniger Momente aufsuchen kannst, um dort Kraft zu tanken oder auch neue Ideen für deine Ziele zu sammeln. Er ist genauso präsent wie ein echter Ort, denn dein Gehirn unterscheidet nicht zwischen Realität und Vorstellung. Dieser Ort der Kraft kann ein wunderschöner Platz aus deiner Erinnerung sein, wie aus einem Urlaub, aus einem Roman, Film, oder du lässt ihn aus deiner Fantasie entstehen. Du kannst diesen Ort in Gedanken kreieren, dir Notizen dazu machen oder ihn auch zeichnen. Lege dir die Utensilien bereit, die du dafür benötigst.

Anleitung:

- *Schließe für einen Moment die Augen. Atme ein paar Mal tief ein und aus*
- *Lasse dir Zeit, aus deinem Inneren ein Bild aufsteigen zu lassen, das den Ort der Kraft repräsentiert*
- *Wo befindest du dich?*
- *Wie sieht die Landschaft aus? Findest du Tiere, Pflanzen, Flüsse, Wälder, das Meer ... um dich herum? Ist es Tag oder Nacht? Welche Jahreszeit?*
- *Gibt es Gebäude, Häuser, Orte, Städte um dich herum?*
- *Sind Menschen um dich herum?*
- *Was hörst du? Vogelgezwitscher, Meeresrauschen, den Wind, der durch die Bäume rauscht, Musik, Stimmen?*
- *Was riechst du? Blumen, Düfte? Welchen Geschmack hast du auf der Zunge?*
- *Was tust du an diesem Ort? Wie bist du gekleidet? Hast du Gegenstände bei dir?*
- *Beschreibe so genau wie möglich, was entsteht*
- *Wie fühlst du dich? Wie drückst du das aus?*
- *Tue das an deinem Kraftort, was du tun willst und was sich für dich gut anfühlt*
- *Wo in deinem Körper hast du die stärksten positiven Gefühle zu diesem Ort?*
- *Das ist dein innerer Ort der Kraft, zu dem du zu jeder Zeit zurückkehren kannst*

 # 187 Zu viel Yang in unserer Welt

Das Feminine (Yin) und Maskuline (Yang) steht nicht nur für das Geschlecht, sondern auch für bestimmte Eigenschaften und Energien in unserem Leben. Wir alle haben Yin und Yang in uns. Unsere Gesellschaft wird allerdings vom männlichen Yang-Prinzip dominiert. Leistung, Wettbewerb, Kampf, Zielerreichung, Bewegung, Verstand, Kontrolle, Planbarkeit – das sind erstrebenswerte Ziele in unserer heutigen Zeit.[44] Es geht um Geschwindigkeit, Wettbewerb – eine Dynamik von höher, schneller, weiter. Das bekommen auch wir Mütter zu spüren. Wir powern den lieben langen Tag durch – und entfernen uns somit von unserer ureigenen, weiblichen Kraft.

 # 188 Für was steht Yin-Energie?

Mitgefühl, Träumen, Genießen, Entspannen, Intuition, Stille, Hingabe und Loslassen, Geduld, Ruhe, Miteinander, Verbindung, Sinnlichkeit und Natürlichkeit sind Attribute, die die weiblichen Aspekte von Yin beschreiben.[45] Weibliche Yin-Qualitäten werden in unserer Gesellschaft häufig „belächelt" und stiefmütterlich behandelt. Eher selten sagt jemand: „Wie wundervoll, dass du so emotional bist." Stattdessen wird uns vermittelt, lieber Studien oder der Wissenschaft Vertrauen zu schenken. Doch jeder von uns weiß instinktiv, dass sich ein weinendes Baby nicht mit „Hard Facts" beruhigen lässt. Dafür braucht es weibliche Qualitäten.

 # 189 Yin und Yang in Balance

Wir brauchen – egal ob Frau oder Mann – beide Aspekte, also Yin und Yang, um in unser Gleichgewicht zurückzufinden. Durch das Versorgen der Familie nähren wir zwar das weibliche

Prinzip, doch durch den „durchgetakteten" Alltag geraten wir schnell aus der Balance. Leben wir im Ungleichgewicht, sucht sich das Yin andere Wege, indem es uns beispielsweise durch Krankheit zur nötigen Ruhe zwingt. Wenn es uns gelingt, die Aspekte dieser beiden Energien zu vereinen, erschaffen wir ein Leben in Ausgeglichenheit, Leichtigkeit und Freude. Das Yin stellt damit eine große Kraftquelle für uns Frauen dar. *Der Weg dorthin gelingt vor allem durch das Präsentsein und das Einfühlen in uns selbst.*

190 Entspannung führt ins Yin

Fühlen wir uns gestresst und erschöpft, sind wir angespannt und aus der Balance. Alles, was dich tief entspannen lässt und wobei du loslassen kannst, nährt hingegen dein Yin. Meditation, Yoga, progressive Muskelentspannung, Achtsamkeit, Atemübungen, Stille, Kreativität, Massagen, Tanzen, Sex oder Bewegung helfen dir dabei, in einen tiefen Entspannungszustand zu kommen.[46] Wobei *kannst du loslassen? Was lässt dich entspannen? Was bringt dich in deine innere Mitte?*

191 Kreativität als Kraftquelle

Jeglicher kreativer Ausdruck ist ein weiblicher Aspekt der Schöpfung. Malen, Journaling, Töpfern, Basteln, Backen, Kochen – das bringt die Lebensenergie in den Fluss. Dabei sollte es weniger um das Ergebnis, sondern vielmehr um das Erlebnis gehen. Vielleicht besorgst du dir mal eine Leinwand und ein paar Acrylfarben. Du beginnst, intuitiv die Farben auf die Leinwand zu bringen. Beobachte, welche Farben, Formen und Symbole entstehen. *Wie geht es dir dabei, einfach mal kein Ergebnis erreichen zu müssen?*

 # 192 Musik als Kraftquelle

Musik ist ein einfaches Mittel, um unser Wohlbefinden innerhalb weniger Momente zu erhöhen, insbesondere wenn es sich um unsere Lieblingsmusik handelt. Musik berührt unsere Seele. Auch selbst Musik zu machen, kann unheimlich helfen, die eigenen Emotionen auszudrücken, und damit die Lebensenergie wieder zum Fließen bringen. Also: Wenn der Tag mal wieder sehr anstrengend ist, lege deine Lieblingsmusik auf und tanze durch das Wohnzimmer.

 # 193 Tauche in die Welt deiner Kinder ein

So kräftezehrend es manchmal mit den Kindern ist, so viel Kraft können dir deine Kinder auch geben. Ich möchte dich heute einladen, folgenden Fragen nachzugehen: *In welche Welt nehmen sie dich tagtäglich mit? Was kannst du von ihnen lernen? Mit was haben sie dich wieder in Kontakt gebracht?* In die Welt der Kinder bewusst einzutauchen, ist auch ein Yin-Aspekt, der deine Energiefrequenz erhöht.

 # 194 Mit dir alleine Zeit verbringen

Um dein Yin zu tanken, hilft es dir, Zeit mit dir alleine zu verbringen. Dadurch nimmst du bewusst Abstand zum lauten, hektischen Alltag und das erleichtert dir, bei dir anzukommen und loszulassen. Vielleicht tut dir ein Spaziergang oder eben der Rückzug an deinen Kraftort gut.

195 Was tun, wenn das Gedankenkarussell Fahrt aufnimmt?

Zu Beginn kann es sein, dass sich das „Alleinsein" etwas ungewohnt anfühlt und sich der Kopf schnell mit tausenden Gedanken füllt. Vielleicht kommt so etwas wie: „Sind alle gut versorgt?", „Ist das richtig, was ich hier tue?". Mache es wie mit einem Radio: Drehe die Lautstärke dieser Gedanken etwas herunter. Sie dürfen da sein, aber nur im Hintergrund laufen.[47]

196 Weniger TUN, mehr SEIN

Du denkst: „Wenn ich das erreiche, geht es mir gut. Wenn ich erst einmal ... erreiche, dann bin ich endlich erfüllt." Aber letztendlich geht es im Leben doch immer so weiter, oder? Und wenn wir dann einmal ein Ziel erreicht haben, dann fällt es uns sehr schwer, den Moment zu genießen. Leben heißt allerdings nicht nur machen, sondern auch SEIN. Es ist eine der größten Kraftquellen für uns Mütter.

197 Kleine Dinge, große Wirkung

Manchmal reichen auch schon die kleinen Momente im Alltag, um unseren Energietank wieder zu füllen: eine Umarmung, jemandem etwas Liebevolles sagen, einfach mal ins Gras legen und in den Himmel schauen. Gib dir ausreichend Raum zum Atmen, Ausruhen, Lieben, Fühlen, Träumen, Genießen, Wachsen und Heilen. Spüre die Kraft, die du neu dazugewinnst. *Was sind die kleinen Momente im Alltag, die dir Kraft spenden?*

198 Werde zur Momentesammlerin

Im Alltag sind wir meist bei den Kindern, in der Arbeit, bei der To-do-Liste. Wir schieben geistesabwesend das Lego hin und her, ohne wirklich mit den Kindern zu spielen. Wir beschäftigen uns mit Vergangenem oder träumen uns in die Zukunft. Wir sind überall, nur nicht in diesem Moment.[48] Doch beobachte mal die Kinder – wie vertieft sie oft im Spiel sind. Kinder sind mit dem Moment verbunden, lachen und freuen sich ihres Lebens. *Lasse auch du dich hin und wieder von deinen Kindern mitreißen und genieße ganz bewusst den Moment.*

199 In der Stille findest du die Kraft

Meine Tochter und ich standen heute unter einem blühenden Apfelbaum und haben den vielen Bienen gelauscht. Dann sagte meine Tochter plötzlich: „Oh, wie laut es ist, obwohl es so leise ist." Das zeigt, dass das Leben immer pulsiert. Und vielleicht sind es gerade die leisen und stillen Momente, die uns dazu einladen, innezuhalten und wahrzunehmen, was uns das Leben an wahren Schätzen bietet. Nimm dir heute fünf Minuten Zeit und beobachte einfach mal, was du um dich wahrnimmst. Das schärft deine Sinne und sorgt für wunderbare Yin-Momente im Hier und Jetzt.

200 Verpasse nicht den Moment

Ich kann mich noch daran erinnern, als ich zum ersten Mal bei Sonnenuntergang am Grand Canyon stand. Während ich diesen Moment mit al meinen Sinnen in vollen Zügen genossen habe, standen um mich herum zahlreiche Menschen, die blitzschnell ihr Smartphone zückten und intensiv mit Fotografieren und Filmen beschäftigt waren. Wenige Minuten später waren sie schon wieder verschwunden. Das Foto war gemacht, aber ob der Moment wirklich genossen wurde? *Wie sehr hängen wir gedanklich oft an Nebenschauplätzen und verpassen dadurch die wirklich schönen Momente?*

201 Übung: Ein Foto mit dem Herzen machen

Statt mit deinem Smartphone ein Foto zu schießen, mache das nächste Mal ein Foto mit deinem Herzen. Das ist viel nachhaltiger und intensiver, als du das je mit einer Kamera oder dem Smartphone hinkriegen würdest. Das geht so:

- Lege deine Hand auf dein Herz
- Du blickst nun vor dich und nimmst gedanklich Folgendes auf:
- Fünf Dinge, die du siehst
- Vier Dinge, die du fühlst
- Drei Dinge, die du hörst
- Zwei Dinge, die du riechst
- Eine Sache, die du schmeckst

Damit wirst du dir einen wundervollen Moment in deinem Leben abspeichern, den du immer wieder im Alltag abrufen kannst, wenn du deine Hand auf dein Herz legst. Das bringt dich in einen tiefen Glückszustand.

202 Denke in Fülle

Denke heute mal nicht an das, was du nicht bist oder nicht hast oder was du unbedingt anders haben möchtest, sondern denke heute an alles, was du bist, was du bereits hast und was du schon alles erreicht hast. Denn ja, auch das gibt es in deinem Leben. Du wirst sehen: Das nachzuspüren, erhöht deine Frequenz und bringt dich sofort in einen guten, energetischen Zustand.

 # 203 Zeit mit deinen Lieblingsmenschen verbringen
Mit der besten Freundin etwas zu unternehmen oder die Mahlzeit gemeinsam im Kreis der Familie einzunehmen, kann ebenso eine große Kraftquelle sein. Darüber hinaus ist es sehr wohltuend und heilsam, sich mit anderen Müttern und Frauen jeglichen Alters zu verbinden. Denn es liegt in der Natur von uns Frauen, uns gegenseitig zu inspirieren, zu unterstützen und Mut zu machen. Insbesondere Gespräche, die in die Tiefe gehen und sich um die Person selbst drehen, nähren das Yin in erheblichem Maße.[49]

 # 204 Lachen macht glücklich
Wann hast du zum letzten Mal so richtig gelacht, sodass du dir den Bauch halten musstest? Ich glaube tatsächlich, dass wir Erwachsenen das echte Lachen oftmals verlernt haben. Lachen hilft deinem Körper, Glücksgefühle auszuschütten.[50] Es reicht, wenn du dich einfach mal im Spiegel angrinst. Ich verspreche dir, du wirst lachen. Lachen stärkt dein Immunsystem, bringt dir neue Energie und schenkt dir wunderbare Momente der Verbundenheit, auch mit anderen Menschen.

 # 205 Kraft schöpfen in der Natur
Aufenthalte in der Natur helfen, unser Yin zu erhöhen. Die Natur entspannt uns und wir kommen innerlich zur Ruhe. Das satte Grün hat außerdem eine sehr positive Wirkung auf unsere Psyche. Dadurch steigt dein Wohlbefinden und das Immunsystem wird gestärkt. Zahlreiche Studien belegen diesen heilsamen Effekt.[51] *Die Natur erinnert uns an unsere Natur selbst.* Unsere Vorfahren lebten tief mit der Natur verbunden. Welcher Ort besonders wohltuend ist, ist sehr individuell. Vielleicht ist es bei dir das Meer oder generell das Wasser oder es

sind die Berge, Wälder, Felder? *Nimm dir die Zeit und tanke dich regelmäßig in der Natur auf.*

 # 206 Übung: Kontakt mit Mutter Erde aufnehmen

Ziehe deine Schuhe aus. Laufe barfuß durch das Gras. Fühle und erlaube dir den Kontakt zu Mutter Erde. Du kannst dich auch an einen großen stabilen Baum lehnen. Spüre die Kraft und Stärke, die von ihm ausgeht. Wie viele stürmische Zeiten er wohl schon überstanden hat? Oder du legst dich auf die Wiese und genießt den Blick in den Himmel. Gib dabei dein ganzes Gewicht an den Boden ab und lasse bewusst los. Fühle dich getragen, von Mutter Erde. Das hilft dir, wieder in dein inneres Gleichgewicht zu finden.

 # 207 Yin und Yang – das Prinzip der Polarität

Himmel und Erde, Tag und Nacht, Ebbe und Flut, Berg und Tal, Sonnen- und Schattenseite, Kälte und Wärme. Die Natur zeigt uns, wie das Leben ist. Yin kann nicht ohne Yang sein und umgekehrt. Alles beruht auf dem Prinzip der Polarität. Das alles können wir auch auf das Leben von uns Mamas übertragen. Ohne schlechte Tage könntest du keine guten Tage wertschätzen. Ohne schwierige Phasen mit deinen Kindern könntest du kein Gefühl von Stolz entwickeln, diese Situationen gemeistert zu haben. Alles Positive kann nur existieren, weil es auch Negatives gibt. Das anzunehmen, hilft, mit mehr Gelassenheit in die Zukunft zu schauen. *Bedenke stets: ohne Sonne UND Regen kein Regenbogen.*

 # 208 Hab Vertrauen in das Leben

Vertrauen ins Leben zu haben, ist etwas, das uns ganz viel Kraft schenken kann. Auch wenn es sich manchmal nicht so anfühlt, das Leben ist immer für dich. Der Sinn einer herausfordernden Zeit zeigt sich meist immer viel später. Es ist wie bei einer Bergwanderung. Im Tal siehst du oftmals nicht einmal den Berggipfel, doch wenn du oben angekommen bist, weißt du, für was die ganze Anstrengung gut war. *Frage dich: Was kann ich heute tun, um Vertrauen zu haben?*

209 Alles für die Kinder geben

Praxisbeispiel: Linda ist eine alleinerziehende Mutter einer Tochter. Sie kommt zu mir, weil sie ihre Beziehung zu ihrer bald 18-jährigen Tochter belastet. Ihre Tochter ist vor kurzem wegen ihres Studiums weggezogen und meldet sich seitdem nur noch sporadisch. Linda macht sich große Sorgen um ihre Tochter und wünscht sich sehnlichst, dass das Verhältnis zur Tochter wieder besser wird. Sie leidet unter dem Wegzug und fühlt sich einsam und alleine. Jahrelang hat sie ihre Tochter umsorgt und dafür das eigene Leben zurückgestellt. *Doch wenn wir die Kinder zu unserem einzigen Lebensinhalt machen, kann daraus eine große Krise für Mutter und Kind entstehen.*

210 Du bist Mutter, aber immer noch du selbst

Wenn wir Mutter werden, beginnen viele von uns das Mamasein zum Hauptjob ihres Lebens zu machen.[52] Wir planen und organisieren unser Leben um unsere Kinder herum. Dem Kind ganz viele freudige Momente zu ermöglichen, kann sehr erfüllend und nährend sein. Wie sinnstiftend und glücklich das Mamasein machen kann, spüren wir spätestens dann, wenn die Kinder friedlich eingekuschelt in ihren Betten schlummern. Doch wenn wir spüren, dass sich etwas in uns nach Veränderung sehnt, dürfen wir auch dieser Stimme in uns vertrauen, denn du bist nicht nur Mama, sondern vor allem du selbst.

211 Lebe mit deinen Kindern, nicht für sie

Wenn wir damit beginnen, uns mit unseren Träumen, Wünschen und Bedürfnissen zu beschäftigen, bekommen wir wieder Zugang zu unserer ureigenen Kraft. Sind wir erfüllt in dem, was wir tun, verändert sich unsere ganze Ausstrahlung. Spüre einmal in dich hinein: Was will neben deiner Rolle als Mutter gefüllt und genährt werden? Ist es ein neues Hobby? Eine neue Fähigkeit? Ein neuer Job? *Und vielleicht ist eines davon genau das, was du brauchst, um die Mutter für dein Kind zu sein, die du gerne sein möchtest?*

 # 212 Manchmal ist es auch ein sinnerfüllter Job, der fehlt
Wenn wir Mama werden, verändern sich häufig auch unsere Jobvorstellungen. Entweder sind es die Strukturen des Unternehmens, die nicht mehr zur aktuellen Familiensituation passen, oder es ist der Job selbst, der sich nicht mehr stimmig anfühlt. Einen Beruf auszuüben, der dir Freude macht, kann eine große Kraftquelle für dein Leben sein. Ob du allerdings berufstätig bist oder nicht, ist keine Voraussetzung für dein persönliches Glück, denn wie immer kommt es darauf an, was DU brauchst, um dich erfüllt zu fühlen.

 # 213 Alles mit der Zeit
Als Mama ist es oft gar nicht so einfach, sich Momente der Ruhe, Verbundenheit oder Inspiration zu kreieren. Einmal schnell aus der Mutterrolle zu schlüpfen, um in den Freizeit- und Genussmodus zu kommen, lässt sich nicht „auf Knopfdruck" steuern. Im Gegenteil, dann kommt der Stress des Alltags oft erst so richtig durch und du kommst gar nicht herunter. Die Gedanken werden laut und ein Gefühl der inneren Unruhe stellt sich ein. Doch ich kann aus eigener Erfahrung sprechen und es verändert sich mit der Zeit. Habe Geduld und bleibe dran!

DANKBARKEIT – DEIN SCHLÜSSEL ZUM GLÜCK

„Nicht die Glücklichen sind dankbar.
Es sind die Dankbaren, die glücklich sind."
Francis Bacon

 # 214 Nichts ist selbstverständlich
Dankbarkeit ist eine der größten Kraftquellen, die ich in meinem Leben kennenlernen durfte. Denn es ist nahezu unmöglich, unglücklich und gleichzeitig dankbar zu sein. Allzu oft nehmen wir im Leben alles als „selbstverständlich" hin – doch das ist so nicht ganz richtig. Während du gerade diese Zeilen liest, gibt es viele Menschen auf dieser Welt, die vermutlich niemals in den Genuss kommen werden, dieses Buch lesen zu können.

 # 215 Dankbarkeit – ein Turbobeschleuniger für mehr Zufriedenheit
Mit der Dankbarkeit richtest du den Fokus auf Fülle und findest damit sehr schnell in einen positiven Energiezustand zurück. Natürlich bedeutet Dankbarkeit nicht, dass du jegliche Herausforderungen und Schwierigkeiten ausblenden sollst. Jedoch hilft Dankbarkeit dabei, eine ganzheitliche Perspektive auf dein Leben einzunehmen. Das Schöne dabei ist: Dankbarkeit kannst du in jedem Moment erzeugen. Probiere es gleich mal aus. *Halte inne und bewundere dein Leben.*

- Wofür bist du gerade dankbar?
- Für welche Menschen bist du dankbar?
- Für was bist du Deinem Körper dankbar?
- Für welche Erfahrung in der Vergangenheit bist du dankbar?

 # 216 Dankbarkeit programmiert Teile des Gehirns neu

Auch wenn oftmals 90 % der Dinge in unserem Leben gut verlaufen, so konzentrieren wir uns dennoch auf die 10 %, mit denen wir unzufrieden sind. Doch warum ist das so? Das liegt daran, dass dein Gehirn darauf trainiert ist, viel sensibler auf negative Ereignisse zu reagieren. Dadurch blendet dein Gehirn schnell das „Gute" aus. Das Praktizieren einer regelmäßigen Dankbarkeitspraxis hilft dabei, in den zuständigen Gehirnarealen neue Verknüpfungen auszubilden. Dadurch fällt es dir mit der Zeit immer leichter, dein Leben ausgewogener zu beurteilen und angenehme Emotionen freizusetzen.[53]

 # 217 Übung: Was konntest du heute geben?

Ich empfehle dir, diese Dankbarkeitsübung vor dem Schlafengehen einzuführen. Dadurch schließt du den Tag mit erfreulichen Gedanken und Gefühlen ab, was dir wiederum auch das Einschlafen erleichtert. Zu Beginn reicht es, wenn du dir täglich drei bis fünf Dinge aufschreibst. Wichtig dabei ist, dass du wirklich *fühlst*, für was du *dankbar bist*. Du wirst sehen, innerhalb kürzester Zeit wirst du dich besser und kraftvoller fühlen – denn Energie folgt der Aufmerksamkeit.

- Für was gebe ich mir heute ein „High five"?
- Was habe ich heute gut gemacht?
- Für was bin ich heute dankbar?

218 Übung: Dankbarkeitskette basteln

Eine schöne Idee ist es auch, eine Dankbarkeitskette anzufertigen. Jede Perle, die du auffädelst, steht für Menschen, Dinge, Situationen, Ereignisse, für die du dankbar bist. Diese Kette legst du dir um den Hals und so trägst du diesen „Schatz" immer bei dir.

MEHR VERBUNDENHEIT ZU DEINEM UMFELD

JEDE MUTTER BRAUCHT IHR DORF

 # 219 Warum dein Umfeld so wichtig ist

Wenn wir in die Vergangenheit zurückblicken, gab es schon immer ein „Dorf", das die „Kinder" großgezogen hat. Der Mensch ist ein Sippenwesen und kein Einzelkämpfer. Eine Studie[54] der Universität in Tennessee besagt: Müttern geht es deutlich besser, wenn sie ein gutes Netzwerk haben. Sie sind weniger gestresst und belastet, wenn sie emotionale und praktische Hilfe in Anspruch nehmen. Auch wenn du dich in der Wirtschafts- oder Sportwelt umschaust – jeder erfolgreiche Unternehmer oder Sportler hat ein Team hinter sich, das ihn unterstützt. Die wichtigste Ressource in unserem Mama-Alltag ist daher tatsächlich unser Umfeld.

 # 220 Kreiere dir dein Dorf

Vielleicht wohnt deine Familie nicht in der Nähe und kann dir damit keine Unterstützung anbieten. Aber es gibt noch andere wundervolle Möglichkeiten: Viele Gemeinden und Städte bieten Vermittlungsstellen für Babysitter, Leihomas und sonstige Hilfen an. Frage auch deine Freundin, die Nachbarin oder schließe dich mit anderen Mamas zusammen. Werde selbst aktiv und warte nicht darauf, dass dir Hilfe angeboten wird.

221 Der Wunsch nach mehr Unterstützung

In der Beratung beklagen sich viele Mütter, dass sie häufig so wenig Unterstützung von dem/der Partner/in erhalten. Oft höre ich: „Ach, das kann er nicht. Das weiß er doch nicht. Da mach ich es lieber gleich selbst." Viele von uns neigen allerdings dazu, Aufgaben zu ihren „eigenen" zu machen. Dadurch fühlt sich der/die Partner/in gegängelt und übergangen. Weil er dir eh nichts recht machen kann, zieht er sich zurück – und das, obwohl du dich nach mehr Unterstützung sehnst. *Hand aufs Herz: Wie ist es bei dir?*

222 Traue deinem Umfeld mehr zu

Wenn du dir allerdings mehr Entlastung wünschst, erlaube den Menschen um dich herum, die Dinge anders zu machen. Ja, vielleicht wird die Brotzeit für den Ausflug vergessen oder das Kind ist unpassend angezogen. Bedenke: Etwas „anders" zu machen, bedeutet nicht, dass es unbedingt „schlechter" ist.[55] *Was für eine Angst steckt dahinter, wenn dein Umfeld Dinge anders macht als du?*

223 Du bist dein Umfeld

Vielleicht kennst du das auch: Du gehst freudig gestimmt auf den Spielplatz oder zu einer Spielgruppe und findest dich unter Mamas wieder, die sich ausschließlich beschweren – über ihre nervigen Kinder, ihren Stress in der Arbeit und den faulen Ehemann, der sich aus der Verantwortung stiehlt. Innerhalb kürzester Zeit wirst du dich vermutlich viel schlechter fühlen. Menschen, mit denen du am meisten Zeit verbringst, haben den größten Einfluss auf dein Leben. Das gilt für dein Wohlbefinden, deinen Charakter, aber auch für deinen Erfolg. Wähle daher mit Bedacht aus, mit wem du dich umgibst.

224 Verbanne Energievampire aus deinem Umfeld

Es gibt Menschen, die lediglich daran interessiert sind, ihr Leid zu beklagen. Zu jeder Lösung finden sie ein neues Problem. Nicht nur, dass sie sich über ihr eigenes Leben beschweren, sie kritisieren und reden auch unsere Ideen, Wünsche und Ziele klein. Solche Menschen werden auch Energievampire genannt. Sie rauben uns wertvolle Lebenszeit, von der wir als Mutter eh zu wenig haben. Wenn du dir ein leichteres Mama-Leben wünschst, ist es daher ein wichtiger Schritt, dich von all diesen Menschen zu lösen. Dadurch gewinnst du so viel mehr Zeit für Menschen oder Aufgaben, die dir wirklich am Herzen liegen. *Du hast das mächtigste Tool selbst in der Hand: die Freiheit, darüber zu entscheiden, wem du deine Zeit schenkst.*[56]

225 Umgib dich mit Menschen, die dir guttun

Das Beste, das du für dich tun kannst, ist, dich mit Menschen zu umgeben, die dir dabei helfen, im wahrsten Sinne aufzublühen. Menschen, die ein offenes Ohr für dich haben und dich darin bestärken, deine Wünsche und Ideen ernst zu nehmen. Menschen, die dir deine Erfolge gönnen und sich mit dir freuen. Menschen, bei denen du dich verletzlich zeigen kannst, ohne dass du dich für deine Sorgen und Ängste schämen musst. Menschen, die sich aufrichtig für dich als Person interessieren und dir ein ehrliches Feedback geben, sofern du das magst. *Die „richtigen" Menschen um dich herum zu haben, ist Balsam für die Seele.*

226 Übung: Deine Lieblingsmenschen entdecken

Nimm dir hier und jetzt etwas Zeit und setze dich einmal mit deinem Umfeld auseinander. Am besten gehst du jeden

Menschen einzeln durch. Sei dir selbst gegenüber ehrlich und frage dich: *Gibt mir dieser Mensch wirklich Energie? Kann ich bei dieser Person ich selbst sein? Was schätze ich an ihr/ihm? Welche Menschen sind das? Teile das doch diesen Menschen in den nächsten Tagen mit.*

 # 227 Ändern kannst nur du dich selbst

Vielleicht fällt es dir auch schwer, einige Menschen in deinem Umfeld so anzunehmen, wie sie nun einmal sind. Doch wir können andere Menschen nicht verändern. Nicht unsere Kinder, nicht den/die Partner/in, nicht die Nachbarin oder die Schwiegereltern. Es ist vergebliche Liebesmüh, darauf zu hoffen, dass Veränderung geschieht. Worauf du Einfluss nehmen kannst, ist die *Beziehung zu der Person selbst*. Akzeptanz bringt dir daher auf Dauer mehr, als dich ständig über die Person zu beklagen.

 # 228 Wenn dich dein Umfeld rasend macht

Ein kleines Fallbeispiel aus der Praxis: Alexandra ist über das Verhalten ihres Mannes sehr verärgert. Während sie häufig die Abende alleine mit den Kindern verbringt, ist ihr Mann regelmäßig unterwegs. Er trifft sich mit Freunden zum Fußballschauen, geht zum Sport und fährt auch mal über das Wochenende alleine weg. Sie fühlt sich von ihm im Stich gelassen und ist der Meinung, dass er sich aus der gemeinsamen Verantwortung für die Kinder stiehlt. Sie hat ihn bereits mehrmals damit konfrontiert, doch ihr Mann schweigt dazu. Sein Verhalten macht sie rasend und wütend. *Kennst du auch so eine oder eine ähnliche Situation?*

229 In der Begegnung mit anderen begegnest du dir selbst

Entgegen unserer Wahrnehmung ist es jedoch nicht unser Umfeld, das Wut, Ärger, Verzweiflung oder Verletzung in uns verursacht. Alles, was dich in irgendeiner Form bei deinem Gegenüber berührt, hat etwas mit dir selbst zu tun. Das gilt insbesondere für unsere Kinder und den/die Lebenspartner/in. Das unordentliche Kind zeigt vielleicht auf, wo in uns selbst noch Unordnung herrscht. Die kritisierende Schwiegermutter zeigt auf, wo wir selbst noch unsicher sind. Dein Umfeld zeigt dir auf, wo du dir selbst noch nicht erlaubt hast, so zu leben, wie du es dir von Herzen wünschst.[57] Frage dich einmal: *Warum stört mich eigentlich, dass ... das so macht? Was zeigt es mir auf?*

230 Achtung vor der Vergleichsfalle

Es liegt in der Natur von uns Menschen, dass wir uns ständig vergleichen. Dabei ziehen wir leider meist den Kürzeren, weil wir uns immer mit den Menschen vergleichen, die in unseren Augen erfolgreicher, besser oder weiter sind. Doch wenn wir ehrlich sind, macht uns das nicht unbedingt zufriedener und glücklicher. Tritt einen Schritt zurück und frage dich: „Sehe ich wirklich das ganze Bild?" Meist vergleichen wir uns nämlich immer nur mit einem bestimmten Lebensausschnitt dieses Menschen.

231 Lass dich inspirieren, statt zu vergleichen

Wie bringt diese Mama das alles unter einen Hut? Anstatt in Selbstmitleid und Missgunst zu verfallen, ändere einmal deine Perspektive. Befasse dich eingehender mit dieser Person. Wie macht sie das genau? Welche Ressourcen stehen ihr zur Verfügung? Was hat diejenige Person an sich, was du gerne in deinem Leben hättest? *Wer in deinem Umfeld dient dir als Inspirationsquelle?*

DIE BEZIEHUNG ZUM PARTNER ODER ZUR PARTNERIN STÄRKEN

232 Wenn ein Kind in die Familie kommt

Wir alle leben eingebunden in Systemen. Wir stehen in Beziehung zu unseren Freunden, zu unserem/unserer Partner/in, zu unserem Arbeitsplatz, zu unserer Herkunftsfamilie und natürlich zu unseren Kindern. Wenn ein Kind in unsere Familie kommt, dreht sich verständlicherweise alles erst einmal nur noch ums Kind. Dadurch verändern sich auch die Beziehungen zu unserem Umfeld – allem voran auch unsere Paarbeziehung. Wenn wir ein leichtes und glückliches Leben haben wollen, dürfen wir einen ganzheitlichen Blick auf all unsere Beziehungen werfen. *Denn alle Beziehungen zueinander wirken sich aufeinander aus.*

233 Bist du glücklich in deiner Partnerschaft?

Fallbeispiel aus der Praxis: Carola ist Mama von zwei kleinen Mädchen. Ihre jüngere Tochter hat viele Wutanfälle und lässt sich schwer beruhigen. Carolas Wunsch ist es, die Beziehung zur Tochter zu verbessern. Während des Prozesses stellt sich allerdings heraus, dass sie darüber sehr unglücklich ist, mit ihrem Mann keine gemeinsame Zeit mehr zu haben. Das unerfüllte Bedürfnis nach Zweisamkeit führt zu einer allgemeinen Unzufriedenheit, die wiederum die Beziehung zur Tochter belastet. *Konflikte auf der Paarebene beeinflussen sehr häufig auch die Beziehung zu den Kindern.*

234 Beziehungsglück fördert Familienglück

Wie glücklich du in deiner Partnerschaft bist, nimmt wesentlichen Einfluss auf die Atmosphäre in der Familie.[58] Eine gute

Beziehung schafft Sicherheit und Orientierung für die Kinder und zeigt ihnen auch ein erstes Bild, wie Partnerschaft „gelebt und verstanden" wird. Daher ist es so wichtig, für eine gute, glückliche Beziehung zu sorgen.

235 Regelmäßig Paarzeit nehmen

Durch den starken Fokus auf die Elternrolle lauert die Gefahr, sich als Paar sehr schnell aus den Augen zu verlieren. Wenn wir nicht achtsam sind, werden wir nicht selten sehr schnell zu Fremden und der Zauber der Verbundenheit verliert seine Kraft. Damit die Liebe bleibt, ist es wichtig, das, was euch zusammengeführt hat, zu hegen und zu pflegen. Regelmäßig als Paar Zeit miteinander zu verbringen, hilft, in bewusstem Kontakt miteinander zu bleiben. Plane daher feste Zeiten ein, die nur euch beiden gehören. Auch wenn es nur 15 Minuten am Tag sind – du wirst sehen, das macht einen großen Unterschied.

236 Übung: Deine Paarbeziehung stärken

Wenn du dir eine bessere Beziehung zu deinem/deiner Partner/in wünschst, helfen dir diese Fragen zur Reflexion. Du kannst die Übung alleine oder mit deinem/deiner Partner/in durchführen.

- Wie möchte ich mich in der Beziehung fühlen?
- Was schätze ich an meinem/meiner Partner/in?
- Was investiere und tue ich aktuell für unsere Beziehung?
- Was fehlt mir, damit ich (wieder) zufrieden bin?
- Was kann ich konkret tun, um unsere Beziehung zu verbessern?
- Wie kann ich das in den nächsten zwei Wochen umsetzen?

237 Sich gegenseitig Raum und Zeit zugestehen

Um die Bedürfnisse des anderen anzuerkennen und zu respektieren, ist es sehr wichtig, sich gegenseitig Freiräume zu gewähren. Zum einen belebt das eure Beziehung, zum anderen gibst du dem anderen die Möglichkeit, seine Ressourcen aufzutanken. Es sollte in einem ausgewogenen Verhältnis stehen, sodass jeder seine Me-Time beanspruchen kann.

238 Die fünf Sprachen der Liebe verstehen

Vielleicht hast du das Gefühl, dass dein/e Partner/in dir deine Liebe oft gar nicht wirklich zeigt. Nach dem amerikanischen Psychologen und Beziehungsexperten Gary Chapman wird Liebe allerdings nicht immer auf die gleiche Art und Weise kommuniziert. Dadurch sind viele Missverständnisse vorprogrammiert. Laut Chapman wird Liebe über fünf Sprachen[59] ausgedrückt:

- Worte der Anerkennung („Wow, das machst du toll.")
- Geschenke (dein/e Partner/in bringt dir Blumen mit)
- Unterstützung (bringt ungefragt den Müll hinaus)
- Gemeinsame Zeit (ihr pflegt gemeinsame Hobbys)
- Physische Berührung (nimmt dich in den Arm)

Diese fünf Sprachen der Liebe zu kennen, hilft dir und deinem/deiner Partner/in, euch besser zu verstehen. *Welche Sprache nutzen du und dein/e Partner/in?*

239 Eure Familienvision gestalten

Partnerschaftliche Konflikte entstehen meist dadurch, dass keine Klarheit über die Aufgaben, Wertvorstellungen und

Erziehungsstile herrscht. Es geht auch nicht darum, alles gleich zu machen, sondern darum, euch darüber einig zu sein, was euch *beiden wichtig* ist. Eine gemeinsame Vision verbindet. Nehmt euch Zeit und tauscht euch gegenseitig über folgende Fragen aus: *Welche Erwartungen und Wünsche habt ihr? Welche Werte wollt ihr vorleben? Wer übernimmt welche Aufgaben?*

WENN DU ALLEINERZIEHEND BIST

 # 240 Wie du für dich als alleinerziehende Mama sorgst
Insbesondere wenn du alleinerziehend bist, solltest du dich aktiv um dein Dorf kümmern. Es ist das wichtigste Fundament, damit es dir und deinen Kindern gut geht. Nimm Angebote von Freundinnen, Nachbarn und andere Hilfen an. Alleinerziehend bedeutet nicht, es allein schaffen zu müssen. Als Alleinerziehende plagt einen häufiger das schlechte Gewissen, zu wenig Zeit für das Kind zu haben. Doch du brauchst genauso deine Auszeiten wie jede andere Mama auch.

 # 241 Trennung der Eltern- und Paar-Ebene
Einer der wichtigsten Punkte, die es zu beachten gilt, ist eine klare Trennung der Eltern- und Paar-Ebene. Wenn sie auseinandergehalten werden, profitieren in der Regel alle davon. Themen wie Konflikte und Verletzungen, finanzielle Auseinandersetzungen und persönliche Haltungen spielen sich auf der Paar-Ebene ab, während die Eltern-Ebene frei gehalten wird. Dann kommen die Kinder nicht in Loyalitätskonflikte und dürfen auch den anderen Elternteil lieben.

242 Hier so, dort so

Du gibst die Struktur und den Rahmen vor, wie zu Hause gelebt wird. Übernimm dafür die Verantwortung und tritt für dich ein. Akzeptiere auch, dass es beim anderen Elternteil anders abläuft. Das Wohl des Kindes hängt im Übrigen nicht von der Beziehungsstruktur, sondern vom Umgang miteinander ab. Daher versuche, auch wenn es mitunter nicht immer leicht ist, mit dem anderen Elternteil klar und wertschätzend zu kommunizieren.[60] Beide Eltern sind wichtig für das Kind. Und wenn jeder seine Rolle akzeptiert, können alle davon profitieren.

243 Sorge für dein Glück

Manchmal fällt es schwer, die Trennung zu verarbeiten. Nimm und gib dir hierfür Zeit. Um in deinen inneren Frieden zu kommen, hilft dir vielleicht auch die Inanspruchnahme fachlicher Begleitung? Das ist manchmal hilfreicher und zielführender als der Versuch, alles mit sich alleine auszumachen. Es hilft auch, darüber zu reflektieren, was du in einer möglicherweise neuen Beziehung anders machen/haben möchtest. Auch die Ausrichtung deines Lebens auf deine Wünsche und Ziele kann dich hierbei unterstützen.

DIE BEZIEHUNG ZU DEN KINDERN STÄRKEN

244 Was für die Eltern-Kind-Beziehung wichtig ist

Nahezu jede Mutter wünscht sich, dass sie ihrem Kind einen guten Rahmen für ein glückliches Aufwachsen bietet. Schnell plagt uns das schlechte Gewissen, ob wir das mit der Erziehung richtig machen. Mütter sollen heute auf so vieles achten: Sie sollen liebevoll und respektvoll sein, die Kinder fordern, aber nicht überfordern, geduldig sein, aber auch nicht grenzenlos.[61] Das wichtigste Fundament ist die Beziehung zwischen Eltern und Kind.[62] Hierbei geht es weniger darum, alles richtig zu machen, sondern vielmehr darum, den Kindern Liebe und einen sicheren Rahmen zu schenken. Jesper Juul, ein dänischer Familientherapeut, sagte einst: „Die besten Eltern sind diejenigen, die 20 Fehler am Tag machen."[63]

 # 245 Auch Kinder brauchen ihr Dorf

Um ihre Persönlichkeit zum Ausdruck zu bringen, benötigen Kinder Vielfalt. Sie brauchen nicht nur uns Mütter, sondern je nach Alter auch andere Menschen, von denen sie lernen können. Dadurch entdecken sie, wer sie wirklich sind. Lasse daher den Gedanken los, zu jeder Zeit für dein Kind da sein zu müssen.

 # 246 Sei ein Leuchtturm

Kinder brauchen Klarheit und Strukturen, an denen sie sich orientieren können. Das gibt ihnen ein Gefühl von Sicherheit, die sie benötigen, um zu wachsen. Sie benötigen Vorbilder, die ihnen aufzeigen, wie sie mit ihren Bedürfnissen und Gefühlen umgehen. Wenn du beispielsweise ein sehr ängstlicher Mensch bist, wird das Kind diese Ängste in der Regel übernehmen und Veränderungen mit Angst begegnen. Daher ist es so wichtig, dass wir in einem guten Kontakt zu uns selbst stehen und unsere eigenen inneren Konflikte anschauen und bearbeiten.

 # 247 Ich sehe dich

Das schönste Geschenk, das du deinen Kindern machen kannst, ist, ihnen regelmäßig deine absolute und volle

Aufmerksamkeit zu schenken – und zwar ohne jegliche Ablenkung. Sie brauchen keine Mutter, die sich den ganzen Tag mit ihnen beschäftigt, sondern eine Mutter, die ihnen so viel Zeit schenkt, dass sie sich wirklich gesehen und verstanden fühlen. Damit befriedigst du ein absolutes Grundbedürfnis nach körperlicher und emotionaler Nähe.

 # 248 Kinder werden, was wir in ihnen sehen

Wie du mit deinen Kindern sprichst, hat großen Einfluss darauf, wie deine Kinder später einmal mit sich sprechen werden.
Aus „Ach, bist du aber anstrengend" wird „Ich bin eine Last".
Aus „Schon wieder machst du alles falsch" wird „Ich mache alles falsch, also probiere ich es gar nicht".
Aus „Das geht dich nichts an" wird „Ich bin nicht wichtig".
Aus „Komm, ich mach es für dich" wird „Ich krieg eh nichts auf die Reihe". Daher achte auf das, was du sprichst, auch nonverbal. Denn Kommunikation läuft zu 93 % nonverbal ab.[64]

 # 249 Authentizität und Ehrlichkeit

Kinder fühlen zu jeder Zeit, wie es Mutter und Vater geht. Geben wir vor, alles wäre okay, beginnen sie, ihren Instinkten und der eigenen Wahrnehmung zu misstrauen. Kinder werden dadurch sehr schnell verunsichert, und es kann sein, dass sie dies in einem unangemessen Verhalten ausdrücken.[65] Viel besser ist es, wenn du sagst: Es geht mir nicht gut, aber mache dir keine Sorgen, ich kümmere mich darum, dass es mir bald wieder besser geht."

OHNE GRENZEN KEIN ERFÜLLTES LEBEN

 # 250 Wofür es Grenzen braucht

Grenzen braucht es aus zweierlei Hinsicht: Sie zeigen zum einen den eigenen Handlungsspielraum auf, zum anderen zeigen sie auch anderen Menschen „bis hierher und nicht weiter". Kennen wir unsere Grenzen nicht, fühlen wir uns früher oder später erschöpft und ausgelaugt. Ohne Grenzen sind wir wie ein offenes Haus, in das jeder eintreten kann, wann und wie er will. Nicht nur, dass es uns an der eigenen Kontur und Facette mangelt, auch für unsere Mitmenschen ist es schwierig, mit uns in Beziehung zu treten. Wir sind schwer einzuschätzen und wirken auf das Gegenüber wie ein Buch mit sieben Siegeln.[66] Konflikte und Unstimmigkeiten werden dadurch erheblich genährt.

 # 251 Ein Jein und seine Auswirkungen

Kennst du das auch? Dein/e Partner/in schlägt einen schönen Ausflug mit der Familie vor. Obwohl du dich gestresst fühlst und dich nach etwas Ruhe sehnst, stimmst du dennoch zu. Schließlich willst du deine Familie nicht enttäuschen. Während des Ausflugs bemerkst du, dass du irgendwie unzufrieden bist. Alleine das Gesinge im Auto der Kleinen nervt dich zunehmend. Schweigend blickst du aus dem Fenster. Dein/e Partner/in blickt zu dir herüber und fragt: „Alles okay bei dir?" Diese Frage bringt das Fass endgültig zum Überlaufen. Schnippisch gibst du zurück: „Ja, was soll denn sein?"

252 Ein Ja zu anderen bedeutet ein Nein zu dir selbst

Vielleicht fällt es dir schwer, Grenzen zu setzen, weil du Angst hast, andere Menschen zu enttäuschen. Aber wenn du dir das obige Beispiel noch einmal vor Augen führst, wirst du Folgendes feststellen: Genau das machst du gerade. Du enttäuschst nicht nur dich selbst, weil du deine Bedürfnisse ignoriert hast, sondern auch deine Familie, weil du ihnen gegenüber nicht ehrlich warst. *Wie wäre diese Geschichte ausgegangen, wenn du Nein gesagt hättest?*

253 Du darfst enttäuschen

Wenn wir für uns Grenzen setzen, haben viele von uns die Sorge, damit für Unmut zu sorgen oder jemanden im Stich zu lassen. Natürlich kann es vorkommen, dass dein Gegenüber sich vor den Kopf gestoßen fühlt. Das auszuhalten, ist nicht immer einfach. Doch letztendlich ist keinem damit geholfen, wenn du nicht ehrlich bist. *Was sind die Gründe, warum du Ja sagst, obwohl du Nein sagen möchtest? Ist es aus Bequemlichkeit? Aus Gewohnheit? Oder liegt eine Angst dahinter? Wenn ja, ist diese Angst berechtigt?*

254 Kinder brauchen klare Grenzen

Häufig mag es sehr verlockend sein, dem Kind etwas durchgehen zu lassen, obwohl es deine Grenzen überschreitet. Doch auf lange Sicht machst du es deinem Kind dadurch nicht leichter. Kinder brauchen für ihre gesunde Entwicklung Liebe UND Grenzen. Grenzen schenken unserem Kind Orientierung und Sicherheit. Wichtig ist dabei, dass du für dich die Grenze setzt und dabei nicht das Kind begrenzt. So lernt das Kind, dass Mama eine Grenze hat und nicht es selbst als Person „falsch" ist.[67]

255 Nur Mama darf das

Es gibt Phasen, da darf nur die Mama Zähne putzen, nur die Mama ins Bett bringen, nur die Mama mitspielen. Kennst du sicherlich, oder? Nach dem dänischen Familientherapeuten Jesper Juul ist es völlig normal, dass Kinder ständig die Eltern um sich herum haben wollen.[68] Allerdings darfst du auch hier deine Grenzen ziehen. Sage deinen Kindern, dass der Papa oder eine andere Bezugsperson für sie da sind, und ziehe dich anschließend zurück. *Erlaube dir, diese Grenze zu ziehen.*

256 Eine gute Beziehung hält ein Nein aus

Viele von uns Müttern trauen sich nicht, offenkundig zu sagen, was sie (nicht) wollen. Sie haben Angst, abgelehnt, verurteilt oder gar ausgeschlossen zu werden. Doch jede gute Beziehung hält das aus. *Wenn jemand dein Nein nicht akzeptiert und dich deswegen ablehnt, solltest du in dich gehen und dir überlegen: „Ist diese Beziehung wirklich gut für mich?"*

257 Übung: Innere Grenzen erkennen

Wann und wo verschwimmen die Grenzen zwischen deinen und den Bedürfnissen anderer? Um das genauer zu erforschen, hilft es, wenn du dir folgende Fragen beantwortest:

- In welcher Situation hast du dich unwohl, gestresst oder übergangen gefühlt?
- Was hast du dabei gefühlt?
- Wo in deinem Körper hast du das gefühlt?
- Welche Gedanken hattest du dabei?
- Sind die Gedanken wahr?
- Wie möchtest du in Zukunft reagieren?

258 Übung: Deinen Raum einnehmen

Die eigenen Grenzen zeigen nicht nur, wo deine *Grenzen* liegen, sie zeigen *auch den Raum* auf, den du für dich einnehmen darfst. Insbesondere wenn du das Gefühl hast, oftmals zu viel Verantwortung für das Wohlergehen anderer zu tragen, dürfte dir diese Übung helfen:

- Spüre in deinen Körper hinein
- Breite nun die Arme seitlich aus und drehe dich einmal im Kreis
- Mache dir bewusst: Das ist deine Grenze, die du um dich ziehst
- Du kannst diesem „Kreis" gedanklich eine Farbe geben
- Spüre, wie es sich anfühlt, diesen Kreis um dich herum zu haben
- Wie fühlt es sich an? Leichter, freier, sicher?
- Du kannst diesen Kreis auch einmal größer und kleiner werden lassen – experimentiere damit
- Finde die Größe, bei der du dich wohlfühlst
- Verbinde dich im Alltag immer wieder bewusst mit diesem „Kreis", der gleichzeitig auch deinen „Raum" absteckt
- Achte im Alltag darauf: Wann und in welcher Situation wird die „heilige" Grenze überschritten? Häufig ist es die aufsteigende Wut, die auf eine Grenzüberschreitung hinweist

259 Verschließe nicht dein Herz

Manchmal wird das mit dem Grenzensetzen schnell einmal missverstanden. Grenzen zu ziehen bedeutet nicht, eine dicke Mauer um dein Herz aufzurichten und niemanden mehr an dich heranzulassen. Das würde bedeuten, dass dich keiner mehr sehen oder mit dir interagieren kann. Auch das würde auf Dauer sehr einsam und unglücklich machen. Finde daher ein gesundes Maß. Lerne deine Grenzen kennen und habe Geduld mit dir. Es braucht Zeit und Übung.

 # 260 Was durch ein Ja zu dir entsteht

Die eigenen Grenzen zu kennen und zu bewahren, ist ein wichtiges Mittel, um deine Bedürfnisse zum Ausdruck zu bringen. *Ein Ja zu dir bedeutet nichts anderes als: „Ja ich bin wichtig und richtig."* Dadurch wird es dir immer besser gelingen, Raum für dich einzunehmen und für dein Wohlbefinden zu sorgen. Hab hierbei auch deine Belastungsgrenzen im Blick.

AUTHENTISCH KOMMUNIZIEREN

 # 261 Ein Nein reicht völlig aus

Du kannst ein großes Herz haben und dennoch ein freundliches „Nein" äußern. Ein Nein ist das Zauberwort für mehr Zeit für die wichtigen Dinge im Leben. Beispielsweise kannst du sagen: „Heute kann ich dir nicht helfen, aber ich hätte nächste Woche Zeit." Oder: „Das geht leider nicht, ich möchte Zeit mit meiner Familie verbringen." Es braucht keine weitere Erklärung dazu. Du bist niemandem eine Entschuldigung oder Rechtfertigung schuldig.

 # 262 Klarheit in der Kommunikation entwickeln

Der Kommunikationsforscher Paul Watzlawick hat einmal gesagt: „Wir können nicht nicht kommunizieren."[69] Ganz egal ob wir leise sprechen, das Wort „eigentlich" oft verwenden oder unseren Blick vom Gegenüber abwenden, während er mit uns spricht – alles ist Kommunikation. Wenn Körpersprache, Mimik und Gestik nicht mit dem Inhalt übereinstimmen, führt das häufig zu großen Missverständnissen. Insbesondere Kinder werden durch ein „Jein" verunsichert. Um deine Bedürfnisse zu kommunizieren, ist es daher wichtig, Klarheit in der Kommunikation zu entwickeln.

263 Erwartungen in Wünsche umwandeln

Wenn dich am Verhalten deines Gegenübers etwas stört, kommuniziere am besten mit *Ich-Botschaften,* und das so *konkret wie möglich.* In Du-Botschaften stecken häufig Schuldzuweisungen und dein Gegenüber beginnt zu blocken.[70] Statt zu deinem Kind zu sagen: „Räume endlich das Wohnzimmer auf", kannst du Folgendes sagen: „Es stört mich, dass das Wohnzimmer nicht aufgeräumt ist. Ich fühle mich in diesem Chaos nicht wohl. Ich wünsche mir, dass du jetzt das Wohnzimmer aufräumst." Oder: „Ich fühle mich mit den Kindern alleingelassen. Ich wünsche mir, dass du mich beim Ins-Bett-Bringen unterstützt."

264 Wenn dir das Ja zu schnell herausrutscht

Manchmal passiert es, dass uns ein Ja schneller über die Lippen rutscht, als uns lieb ist. In diesem Fall hilft es dir, wenn du bereits in Gedanken immer wieder verschiedene Situationen durchspielst, in denen du innerlich ein „Nein" auszusprechen übst. *Was wird dadurch ermöglicht, wenn du Nein sagst?*

265 Du darfst dir Zeit zum Überlegen nehmen

Die Erzieherin im Kindergarten fragt dich, ob du für die Weihnachtsfeier etwas backen könntest, oder die Kollegin bittet dich, ihren Dienst mit ihr zu tauschen. Vielleicht gerätst auch du manchmal in Situationen, die dich sehr schnell unter Druck setzen und in denen du denkst, du wärst dem Gegenüber sofort eine Antwort schuldig. Doch in den meisten Fällen ist es völlig okay, dir die Zeit zu nehmen, die du für eine Entscheidung brauchst. Anstatt sofort zuzustimmen, kannst du deinem Gegenüber Folgendes sagen: „Ja, ich werde es mir überlegen, ich gebe dir morgen Bescheid."

266 Den „richtigen" Moment abwarten

Um wichtige Angelegenheiten zu besprechen, ist es ratsam, hierfür günstige Zeitpunkte auszuwählen. Denn wenn wir uns gereizt, übermüdet oder überfordert fühlen, tendieren wir dazu, sehr unsachlich und aus der Emotion heraus zu reagieren – meist mit unbefriedigendem Ergebnis. Gewöhne dir daher an, Dinge anzusprechen, wenn du nicht gerade unter „Strom" stehst.

267 Er/Sie muss doch sehen, wie es mir geht

Stell dir vor, du sitzt auf dem Sofa und bist von dem anstrengenden Tag ziemlich kaputt. Während dein/e Partner/in mit seinem/ihrem Smartphone zugange ist, sind die Kinder in ihrem Spiel vertieft. Einige Minuten später ist es an der Zeit, die Kinder ins Bett zu bringen. Aber statt deinem/deiner Partner/in zu sagen: „Bitte bring die Kinder ins Bett, ich schaffe es gerade nicht", raffst du dich selbst auf. Dein/e Partner/in bleibt seelenruhig sitzen und scheint gar nicht zu bemerken, wie es dir gerade geht. Als die Kinder endlich schlafen, bricht deine Wut aus dir heraus und du schnauzt deine/n Partner/in an: „Nie unterstützt du mich. Immer muss ich alles alleine machen."

268 Übernimm Verantwortung für dein Wohlbefinden

Vielleicht hast du auch manchmal den Gedanken, dass doch der andere sehen müsste, wie es dir geht. Auch wenn wir das manchmal sehr gerne hätten, ist das allerdings ein großer Irrglaube. Unser Gegenüber ist kein Hellseher. Er ist nicht dafür zuständig, unsere Bedürfnisse zu erkennen oder diese gar zu erfüllen. Daher ist es unglaublich wichtig, dass du für dein Wohlergehen selbst sorgst und dies dementsprechend wohlwollend und freundlich kommunizierst.[71] *Und wer weiß, vielleicht wird dein Gegenüber dadurch in Zukunft etwas aufmerksamer?*

 # 269 Gelungene Kommunikation verbindet

Natürlich geht es nicht darum, nur noch den eigenen Willen durchzusetzen, sondern darum, dem anderen auch einmal ein Zugeständnis zu machen und/oder an einer gemeinsamen Lösung zu arbeiten. Letzteres gelingt, indem du deinem Gegenüber wirklich zuhörst und nicht schon in Gedanken formulierst, was du gleich antworten wirst. Dein Gegenüber spürt, ob es dir nur darum geht, wer im Recht/Unrecht steht, oder ob du aufrichtig an einer Lösung für alle interessiert bist.

UMGANG MIT KRITIK

 # 270 Da fehlen einem die Worte

Als Mutter ist man vor ungefragten Ratschlägen kaum gefeit. Ich kann mich noch daran erinnern, als ich meine Tochter im Hochsommer mit dem Kinderwagen spazieren schob. Plötzlich tauchte eine Frau auf, die mich kritisierte, wie unvernünftig das sei, in dieser Hitze mit dem Kind unterwegs zu sein. Das Kind würde im Kinderwagen völlig überhitzen. Total irritiert ging ich weiter, mir fehlten einfach die Worte.

 # 271 Berechtigte oder unberechtigte Kritik?

Eine Kritik ist dann berechtigt, wenn sie sich an einem konkreten Sachverhalt festmachen lässt. Das wäre dann der Fall, wenn deine Freundin dich dafür kritisiert, dass du sie versetzt hast. Eine Entschuldigung bereinigt diesen Konflikt. Anders ist es, wenn die Mutter dich für die Haushaltsführung kritisiert. Denn wie du deinen Haushalt führst, ist schließlich deine Sache.[72] Bei Letzterem stehst du auf verlorenem Posten, denn deine Mutter wird vermutlich eher weniger von ihrer Meinung abweichen.

 # 272 Was Kritik über die andere Person verrät

Das, was eine Person dir „überstülpt", hat vielmehr mit ihr selbst zu tun als mit dir. Es sind ihre Erfahrungen, ihre Wertvorstellungen, die sie zu diesen Aussagen über dich bewegen. Wer andere verletzt, macht das immer aus dem eigenen Schmerz heraus. Menschen, die mit sich selbst im Frieden sind, gehen nicht umher und machen andere nieder.

 # 273 Kritik – die Chance für deinen Wachstum
Sehe die an dich herangetragene Kritik als Einladung, etwas über dich zu erfahren, um daran zu wachsen. Frage dich: Was genau trifft dich an dieser Aussage? Wo bist du noch nicht im Reinen mit dir, wo bist du unklar? Wo bist du noch unsicher? Dich würde das Verhalten nämlich absolut nicht tangieren, wenn es nicht etwas mit dir zu tun hätte. Zurück zu dem Beispiel mit deiner Mutter: Du könntest ihr sagen: *„Danke für den Hinweis, aber wie ich meinen Haushalt führe, ist meine Sache. Ich bitte dich, das zu respektieren."*

 # 274 Übung: Spanne den Regenschirm auf
Meinungen prasseln wie Regen herab – ganz egal, was du tust und wie du etwas tust. Stelle dir in diesem Fall vor, wie du deinen Regenschirm aufspannst, und lausche, wie der Regen an deinem Regenschirm abperlt. Du selbst bleibst vom Regen unberührt. Erkenne, dass es sich lediglich um eine Meinung, aber nicht um deine Wahrheit handelt. Du kannst das Toben in der Welt nicht verhindern, aber du kannst entscheiden, was du an dich heranlässt. Je mehr du das lebst, desto mehr Gelassenheit wirst du dazugewinnen.

 # 275 Höre auf, dich zu rechtfertigen
Hast du auch manchmal den Impuls, dich rechtfertigen zu müssen? Lass es gut sein! Hör auf, andere davon zu überzeugen, warum du das so oder so machst, warum du stillst oder auch nicht, warum du dein Kind fremd betreuen lässt oder nicht. Hör auf, dich für deine Bedürfnisse und Gefühle zu entschuldigen. Andere werden es vielleicht niemals verstehen. *Dem einzigen, dem du es wirklich recht machen darfst, bist du selbst. Dir das immer wieder bewusst zu machen, ist so wichtig für ein leichteres Mama-Leben.*

DEN ALLTAG VEREINFACHEN

WIE DIR MINIMALISMUS HILFT

 # 276 Alles ist zu viel

Viele von uns denken, es wären das hektische Leben oder die Menschen um uns herum, die unser Leben stressig machen. Stress ist allerdings oftmals hausgemacht, denn *wir selbst sind es, die entscheiden, was wir in unser Leben lassen.* Wenn du diesen Gedanken „Alles ist zu viel" mit dir herumträgst, hast du daher sicherlich recht. Arbeit, Freunde, Familie, Hobbys, Haushalt – irgendetwas ist einfach zu viel.

 # 277 Weniger ist mehr?

Nicht selten ist unser Leben schnell zugemüllt: mit Menschen, Dingen, Gedanken, Aufgaben, und Verpflichtungen. Wir glauben, je mehr wir tun und machen, desto schneller entkommen wir dem Chaos. Doch ist das wirklich so? Wäre es nicht viel einfacher und effizienter, mehr das zu tun, was *uns wirklich Lebensqualität bringt*? Vielleicht ist weniger dann tatsächlich mehr.

 # 278 Mehr Gelassenheit durch Minimalismus

Hast du dich schon einmal gefragt, ob du das alles, was in deinem Leben ist, wirklich brauchst? Wir sind so mit unserem Alltag beschäftigt, dass wir vergessen, uns diese wichtige

Frage zu stellen. Minimalismus kann dir dabei helfen, dein Leben im wahrsten Sinn zu „entstressen". Minimalismus steht für das Weg- und Loslassen von allem, was uns unsere ganze Kraft raubt. Ein positiver Nebeneffekt dabei ist, dass du dir Geld sparst und gleichzeitig Raum und Zeit hinzugewinnst – für all das, was dich *wirklich glücklich* macht.

 # 279 Wie im Außen, so im Innen

Der Zellbiologe und Biochemiker Rupert Sheldrake formulierte die These des „morphogenetischen Feldes". Diese besagt, dass alles mit allem verbunden ist und somit auch unser Wohnumfeld einen Spiegel unserer Persönlichkeit darstellt. Verändern wir etwas in unserem Umfeld, wirkt sich das auch auf uns selbst aus.[73] Äußere Aufräumaktionen unterstützen daher auch innerliche Veränderungsprozesse. *Wer kennt nicht das Gefühl von Leichtigkeit, das sich einstellt, wenn wir für Ordnung gesorgt haben?*

Minimalismus in deinem Zuhause

 # 280 Eine überfüllte Wohnung sorgt für Stress

Bereits wenn du die Wohnung betrittst und du dir den Weg frei räumen musst, verändert sich deine Stimmung. Das kennst du auch, oder? Im Flur liegen Turnbeutel, einzelne Handschuhe und Schuhe verteilt, und du findest nicht einmal einen Platz, um deine Jacke aufzuhängen, weil die Garderobe überquillt. Zahlreiche Studien[74] belegen, dass überfüllte Räume tatsächlich unser Stressempfinden erhöhen. Wie wäre es, sich von all dem zu befreien, was dich unnötig belastet?

281 Die Wohnung ausmisten

Wahrscheinlich kennst du das auch – im Laufe der Zeit sammelt sich mit Kindern so einiges an: Spielsachen, Kleidung, Geschenke, Gebasteltes und viele Dinge mehr, die die Wohnung vollstopfen. Doch wenn du ausmistest, erzielst du mehrere positive Effekte gleichzeitig: Du fühlst dich befreiter und du wirst weniger Zeit mit Aufräumen und Haushaltstätigkeiten verbringen. Und weniger Arbeit bedeutet mehr Zeit für die Dinge, die dir guttun und dich wirklich stärken. *Gehe deine Besitztümer einzeln durch und frage dich: „Brauche ich das wirklich? Bringt mir das wirklich Freude?"*

282 Alles an seinem Platz aufbewahren

Wo sind die Handschuhe? Wo ist das Federmäppchen? Wo ist der Schlüssel? Einer der größten Zeit- und Energiefresser ist die Suche nach verlorengegangenen Gegenständen. Um das in Zukunft zu minimieren, hilft es, feste Aufbewahrungsorte zu schaffen. So könnte jedes Kind ein eigenes Fach für Jacken, Schuhe und sonstige Dinge bekommen.

283 Minimalismus im Kleiderschrank

Sortiere deinen Kleiderschrank aus und behalte nur Dinge, in denen du dich wirklich wohl fühlst. Du wirst sehen, wie befreiend und gleichzeitig stärkend das für dein Wohlbefinden sein kann. *Was ist das, was du schon lange aus dem Kleiderschrank verbannen wolltest?*

284 Minimalismus im Kinderzimmer

Statt alle Spielsachen im Kinderzimmer aufzubewahren, setze Rotierboxen ein, die du immer wieder austauschen kannst. Das erspart das ziellose Ausräumen der vielen Regale und

Schränke. Setze auf zeitlose Spiel- und Lernmaterialien, die dadurch länger im Gebrauch sind. Eine weitere Möglichkeit wäre es, Spielsachen und Bücher im Freundeskreis immer mal wieder auszutauschen.

Digitaler Minimalismus

 # 285 Regelmäßig offline gehen

Was wir von außen an uns heranlassen, bestimmt wesentlich mit, wie wir uns fühlen. Stündlich das E-Mail-Fach checken, das ziellose Gescrolle auf Social-Media-Plattformen oder die Push-Meldungen von großen Nachrichtendiensten lesen – bei manchen von uns Müttern vibriert und klingelt das Smartphone minütlich. Ständig erreichbar sein zu müssen, kann ganz schön stressen. Wie wäre es, einen digitalen Detox-Tag einmal in der Woche einzulegen? Du wirst bemerken: Die Welt dreht sich weiter, auch wenn wir einmal nicht erreichbar sind.

 # 286 Fotos, Kontakte, Apps löschen

Unser Handy quillt häufig über – mit tausenden von Fotos von den Kindern, mit Kontakten, mit denen wir ewig lange keinen Kontakt mehr hatten, mit Apps, die uns ständig verlocken, das Handy in die Hand zu nehmen. *Frage dich: Was davon brauchst du wirklich? Wer schaut sich später abertausende Familienbilder an? Sortiere aus und du wirst in Zukunft viel weniger Zeit damit verbringen, dich durch dein Handy wühlen zu müssen.*

 # 287 Weglassen von Projekten, Terminen, Aktivitäten
Gehe nun einmal deinen Kalender durch. *Welche Verpflichtungen, die hier drinstehen, kannst du aus dem Kalender entfernen? In was/wo investierst du noch Zeit, obwohl es dir Kraft raubt?*

Mentaler Minimalismus

 # 288 Lass die Probleme dort, wo sie hingehören
Nun geht es an unsere Gedanken, Erwartungen und Überzeugungen, die oftmals ganz unbewusst die Regie über den Alltag übernehmen und zu sehr viel Stress und Unzufriedenheit führen. Wenn beispielsweise der/die Partner/in abends nach Hause kommt und schlecht gelaunt ist oder die beste Freundin Streit mit ihrem Freund hat: Viele von uns neigen dazu, Probleme von anderen zu ihren eigenen zu machen. Jedoch ist es nicht deine Aufgabe, die Energie und das Wohlbefinden anderer zu managen. Ganz im Gegenteil: Wir schwächen damit die Menschen in unserem Umfeld, weil wir ihnen nicht zutrauen, eigenständig ihre Probleme zu lösen. Auch wenn es die eigenen Kinder anbelangt, mische dich nur so viel ein, wie es wirklich nötig ist. Frage dich daher immer: *Wessen Angelegenheit ist das?*

 # 289 Ein Teil der Verantwortung abgeben
Den Kindern die Brote schmieren, die Einkaufslisten schreiben, die Termine in der Schule wahrnehmen: Der Kopf ist voll vor lauter To-dos und Verpflichtungen. Viele Mamas sind der Meinung, das alles zu erledigen wäre allein ihre Aufgabe. *Doch was ist, wenn das, was du von dir erwartest, viel zu viel ist?*

 # 290 Aufgaben aufteilen

Es hilft sehr, die Aufgaben aufzuteilen – und das ganz konkret. Es bringt nichts, wenn du den/die Partner/in zum Einkaufen losschickst und dann doch in Gedanken dabei bist und dich fragst, ob er/sie an „alles" denkt. Gib die Verantwortung komplett ab. So könnte der/die Partner/in für den Einkauf zuständig sein und der andere für die Wäsche. Binde auch die Kinder im Haushalt ein. Setze auf externe Unterstützung und schaffe dir dadurch neue Freiräume, für die Dinge im Leben, die dir wirklich am Herzen liegen. Bald schon wirst du den positiven Effekt spüren, wenn du dich nicht mehr für alles verantwortlich fühlst.

 # 291 Unrealistische Ansprüche und Ziele loslassen

Wir Frauen wollen heute alles: eine gute Mutter sein, Erfolg im Beruf, eine schicke Wohnung und Glück in der Liebe. Zeitgleich ist das einer der größten Glücksräuber in unserem Leben. Da der Tag nun einmal nur 24 Stunden hat, ist es nahezu unmöglich, für alle Projekte in deinem Leben gleich viel Zeit zu haben. Natürlich kannst du versuchen, in allem 100 % zu geben. Doch irgendetwas wird auf der Strecke bleiben, denn wir sind nicht dafür gemacht, auf mehreren Hochzeiten gleichzeitig zu tanzen.

 # 292 Alles im Leben hat eine Kehrseite

Was bringt dir Erfolg und Ansehen, wenn du dafür Freude, Energie und Liebe aufgeben musst? Wenn du beginnst, wie eine Blume langsam von innen auszutrocknen? Kennst du deinen Preis, wenn du in allem 100 % gibst?

293 Löse dich von den Erwartungen anderer

Obwohl du eigentlich gerne länger Elternzeit nehmen würdest, gehst du trotzdem arbeiten, weil alle anderen das auch so machen. Weil alle anderen Mütter so von dieser Schule schwärmen, meldest auch du dein Kind dort an. In vielen Fällen lassen wir uns sehr von der Erwartungshaltung anderer Menschen beeinflussen. Doch bedenke: Du bist nicht auf der Welt, um Erwartungen anderer zu erfüllen – außer du willst das. *Finde heraus, was für DICH wesentlich ist.*

294 Der Anspruch, immer glücklich zu sein

Es ist schlichtweg menschlich, nicht nur positiv und glücklich zu sein. Wir haben negativen Gedanken zu verdanken, dass wir uns durch sie weiterentwickeln können. Sie zeigen auf, wo vielleicht noch Wunden in uns sind und was wir brauchen, um uns zu der Mutter und Frau zu entwickeln, die wir von Herzen gerne sein wollen. Stell dir vor, du hättest ausschließlich positive Erfahrungen in deinem Leben gesammelt, sicherlich würdest du dein Leben nicht so sehr schätzen wie ohne diese Erlebnisse, oder?

295 Du darfst dich auch einmal schlecht fühlen

Erst wenn wir uns erlauben, auch mal unsicher, ängstlich, wütend oder verzweifelt zu sein, zeigen wir uns, wie wir wirklich sind. Dann ist jedes Lachen, das darauf folgt, ein echtes. Die Freude ist nicht erzwungen und das positive Gefühl tausendmal echter. *Sage dir: „Ja, auch das gehört zu mir."*

296 Wäre nicht weniger auch schon okay?

Stell dir mal vor, du machst von all dem, was du sonst im Alltag tust, nur noch 80 %. Du putzt nicht mehr an einem Tag die ganze Wohnung, du schraubst ein wenig deinen Konsum herunter und du beschäftigst dich etwas weniger damit, ob du als Mutter alles richtig machst. Spiele einmal in Gedanken durch, wie sich dein Tag dadurch verändern würde. *Was würde dadurch Gutes entstehen?*

297 Steige aus dem Gedankenkarussell aus

Manchmal sind es die eigenen Gedanken, die uns die meiste Kraft rauben. Zum Beispiel, wenn uns sorgenvolle Gedanken belasten oder sich bestimmte Gedanken in Endlosschleife in unserem Kopf drehen. Vielleicht denkst du: „Wie konnte mir das passieren? Was wird die Person bloß über mich denken?" Sobald du den Gedanken wahrnimmst, lege ein innerliches Stopp ein. Konzentriere dich auf das, was du gerade in deiner Umgebung siehst oder hörst und frage dich dann: *Wird mich dieses Thema auch noch in einem Jahr beschäftigen?*

298 Frieden mit der Vergangenheit schließen

Die Gedanken kreisen um eigenes oder fremdes Fehlverhalten und Schmerzen aus der Vergangenheit, die uns auch heute noch unsere ganze Lebensfreude rauben. Dich selbst anzuerkennen, für das, was war, ist eines der mutigsten und aufrichtigsten Dinge, die du tun kannst. *Was hier zählt, ist, welche Antwort du dem Leben heute darauf gibst.* Denn das ist de facto das Einzige, was du im Hier und Jetzt nutzen kannst.

299 Kontrolle loslassen

Bei vielen von uns Müttern stehen die Antennen ständig auf Empfang. Doch das ist wie bei einem Laptop, der ständig auf Standby steht. Standby bedeutet: jederzeit einsatzbereit sein für die Kinder, den/die Partner/in, aber auch für die eigenen Eltern. Kontrolle entzieht jedoch sehr viel Energie. Die Akkus werden irgendwann zur Neige gehen. Dem ganzen kannst du entgegentreten, wenn du beginnst, den Menschen um dich herum mehr zu vertrauen und regelmäßig ganz bewusst deinen „Standby-Modus" herunterfährst und das auch deiner Familie mitteilst: *„Ich bin jetzt gerade nicht verfügbar."*

 # 300 Zulassen macht das Leben einfacher

Loslassen heißt vor allem auch, die Dinge, Menschen oder Umstände anzunehmen – sie also SEIN zu lassen. Dasselbe gilt auch für das, was du an dir selbst nicht magst. Erlaube dir, nicht alles zu wissen und zu können – insbesondere was deine Rolle als Mutter anbelangt. Je mehr du versuchst, gegen bestimmte Verhaltensweisen oder Charakterzüge anzukämpfen, desto verkrampfter wirst du – und das wiederum wirkt sich negativ auf deinen Energiehaushalt aus. Annehmen bedeutet ja auch nicht, alles hinzunehmen. Wir haben immer die Wahl, wie wir auf bestimmte Umstände reagieren. Übe dich in dieser Haltung und du wirst sehen, du wirst gelassener und entspannter durch dein Leben gehen.

PRIORITÄTEN NEU SETZEN

 # 301 Zeit ist kostbar

Wir Mütter sind gefühlt ständig am Tun und Machen. Die Kinder zum Reitunterricht fahren, noch schnell das Rezept vom Arzt holen, und kaum zu Hause angekommen, warten die nächsten Aufgaben, die es zu erledigen gilt. *Doch hast du dich schon einmal gefragt, nach welchen Prioritäten du deinen Alltag ausrichtest?* Wir sollten nicht vergessen: Zeit ist ein kostbares Gut und daher beschäftigen wir uns einmal damit, worauf wir eigentlich unseren Fokus im Mama-Alltag legen.

302 Der Fokus ist entscheidend

Normalerweise laufen wir Gefahr, immer dort die Priorität hinzulegen, wo am lautesten „gebrüllt" wird. Dadurch rutschen die Herzensangelegenheiten auf der Liste sehr schnell nach unten. Eigentlich eine paradoxe Sache: Das Dringende ist oft nicht wichtig, aber das Wichtige ist oft nicht dringend.[75] Eben beispielsweise dann, wenn du auf deine Me-Time verzichtest, nur um beispielsweise aus Gefälligkeit eine Stunde Arbeit dranzuhängen. So verzetteln wir uns häufig in To-dos, die uns nicht wirklich zu mehr Lebensfreude verhelfen. Das stresst und zahlt nicht unbedingt auf unser Zufriedenheitskonto ein. Frage dich: *Bringt mich diese Aufgabe meinem Wunsch, zum Beispiel nach mehr Gelassenheit oder Leichtigkeit, näher?*

303 Lebe nach deinen Lebensprinzipien

Kennst du deine Lebensprinzipien? Lebensprinzipien sind eine Art „Regelwerk" für den Alltag. Sie schenken dir Klarheit und helfen dir bei der Priorisierung der Aufgaben. Ein Leitsatz könnte folgender sein: *„Ich richte meinen Alltag nach mehr Lebensqualität und Freude aus."* Natürlich erfordert das Mut und Kompromisslosigkeit, aber du wirst sehen, bald werden sich die ersten positiven Resultate zeigen und dein Leben verändert sich spürbar.

304 Was sind deine Lebensprinzipien?

Um deine Lebensprinzipien herauszufinden, helfen folgende

Fragen: *Was sind die drei wichtigsten Gefühlszustände, die du am Ende des Tages erlebt haben möchtest? Worauf willst du dich im Alltag konzentrieren?* Schreibe dir deine Gedanken hierzu auf. Du kannst im Übrigen auch deine Werte miteinbeziehen, die du aus dem ersten Kapitel herausgearbeitet hast.

305 Wie ein Leben aus dem Bilderbuch

Fallbeispiel aus der Praxis: Ina ist verheiratet und Mama einer zehnjährigen Tochter. Nach außen führte sie das Leben einer Bilderbuchfamilie, doch innerlich fühlte sie sich leer und wenig erfüllt. Während des Coachingprozesses bemerkte sie, dass sie ihre Anerkennung sehr mit äußerem Erfolg verknüpfte. Sie begann, ihr Leben neu zu sortieren, und entschied sich für ein Leben mit mehr Lebensqualität. Daraufhin reduzierte sie ihre Arbeitszeit und gewann mehr Zeit für sich selbst und ihre Familie. Dadurch ist sie heute deutlich weniger gestresst. Die fehlenden Einnahmen gleicht sie aus, indem sie weniger und dafür bewusster konsumiert. Zudem hat sie damit begonnen, sich mit dem Thema der Geldanlage zu beschäftigen. *Wie du siehst, gibt es (fast) für jedes Problem eine Lösung.*

306 Übung: Werde zur Drehbuchautorin

Stell dir vor, du bist eine Drehbuchautorin und möchtest nun die Geschichte deines Alltags ganz neu verfilmen. Zuerst möchtest du aber noch einmal den „alten" Film anschauen, um zu überprüfen, welche Inhalte bleiben dürfen. Beginne an einem typischen Montagmorgen und lasse den Film ablaufen. Immer wenn du das Gefühl verspürst, du lebst gegen deine Lebensprinzipien, halte den Film an und frage dich:

- Was stresst mich genau?
- Kann ich diese Tätigkeit oder Verpflichtung reduzieren/ weglassen?
- Wenn nein, wie kann ich diese Szene anders gestalten?
- Was brauche ich dafür?

Gehe so deinen ganzen Alltag durch.

 # 307 Plane den nächsten Tag bereits am Vortag

Plane den kommenden Tag bereits einen Tag zuvor. Stress und Hektik entstehen meist dann, wenn wir ungeplant in den Alltag starten und/oder unser Ablauf zu eng getaktet ist. Setze alles in den Kalender, was dir für den nächsten Tag wichtig ist. Nimm im Anschluss ein Ranking vor. Wandele größere Projekte in realistische Teilschritte um. Denn nichts frustriert mehr, als Aufgaben nicht zu schaffen.

 # 308 Lass Freiräume im Kalender

Der Alltag von uns Müttern ist häufig mit einer riesigen To-do-Liste überlastet: die Geburtstagsparty organisieren, die Kinder zu den Freunden fahren, der Nachbarin eine Gefälligkeit erweisen oder die Fenster putzen. Plane den Tag lieber großzügig, damit auch „Trödelzeiten" der Kinder und „Unvorhersehbares" seinen Platz finden. Das hilft unglaublich dabei, den Alltag zu entzerren, und führt zu mehr Gelassenheit.

 # 309 Trage dir Pausen in den Kalender ein

Spazieren gehen, Sport treiben, mit der Natur verbinden, ein paar Mal tief durchatmen, meditieren, kreativ sein: Schlussendlich geht es nicht darum, Zeit zu haben, sondern darum, sich die Zeit für Pausen zu nehmen. Trage auch diese Zeiten fix in den

Kalender ein. Das erhöht die Wahrscheinlichkeit, dass du die Pausen auch als solche machst.

 # 310 Me-Time in den Kalender eintragen

Auch deine Me-Time darfst du in den Kalender eintragen. Ob das ein Treffen mit Freunden ist oder einfach nur ein Spaziergang – diese Zeit gehört dir ganz alleine. Ich verspreche dir: Auszeiten zu nehmen, macht einen großen Unterschied. Du wirst produktiver in der Arbeit sein, fokussierter deine Aufgaben angehen und in stressigen Phasen besser mit dir umgehen – einfach deswegen, weil du mehr Energie hast.

 # 311 Not-to-do-Liste anfertigen

Wie eine To-do-Liste kannst du auch eine Not-to-do-Liste anfertigen. Auf dieser notierst du all das, was dich unnötig stresst, dir keinen Nutzen bringt, dir schadet oder dir Energie entzieht. Hier ein paar Anregungen: auf Pausen verzichten; Ja sagen, wenn ich Nein meine; spontane Frustkäufe; mehrmaliges Aufräumen und Saugen am Tag; andere über mein Wohlergehen entscheiden lassen oder Aufschieberitis. Hänge diese Liste gut sichtbar auf.

ZEITFRESSER MINIMIEREN

 # 312 Multitasking verabschieden

Multitasking lässt dich nicht schneller vorankommen. Hirnforscher haben das längst mehrfach belegt. Wir werden fehleranfälliger und letztendlich brauchen wir mehr Zeit, um unsere Fehler wieder auszubügeln. Unser Gehirn kann sich nicht auf mehrere Dinge gleichzeitig konzentrieren. Es muss sich innerhalb von Sekunden auf die neue Tätigkeit einstellen. Dadurch ermüden wir schneller, was wiederum zu mehr Stress und Energieverlust führt.[76] Lass diesen Gedanken los und fokussiere dich stets auf das, was du gerade erledigen möchtest.

 # 313 Lass dich weniger ablenken

Schnell einmal die E-Mails checken oder mit der Nachbarin verquatschen – diese sogenannten Zeitfresser führen nicht selten zu einem großen Zeitdruck. *Das alles passiert, weil wir uns viel zu sehr von der Umgebung ablenken lassen.* Dem beugst du vor, indem du dein Smartphone zu gewissen Zeiten ausschaltest und dir stattdessen Zeiten einrichtest, in denen du gezielt E-Mails oder Nachrichten beantwortest. So lebst du definitiv stressfreier, denn jede Unterbrechung deiner Arbeit reißt dich aus dem „Flow" heraus.

 # 314 Was tun bei Aufschieberitis?

Unangenehme Aufgaben schieben wir gerne vor uns her. Doch Dinge aufzuschieben, raubt unglaublich viel Zeit und Kraft. Die zu bezahlende Rechnung muss mehrfach in die Hand genommen werden, die Zusage zur Geburtstagsparty steht auch noch aus, die Küche, die wir am Morgen bereits aufräumen wollten, ist auch am Abend noch nicht aufgeräumt.

Hier hilft Folgendes: Verbinde dich zuvor mit dem wohligen Gefühl, das du haben wirst, wenn die Aufgaben erledigt sind, und dann TUE es einfach.

315 Die wahren Zeiträuber entlarven

- Müssen Socken und Handtücher wirklich gebügelt werden?
- Müssen die Einkäufe wirklich jeden Tag erledigt werden?
- Muss wirklich jeden Tag aufwändig gekocht werden?
- Müssen die Kinder wirklich in die Schule gefahren werden?
- Muss die Wohnung wirklich jede Woche so gründlich geputzt werden?

Die wahren Zeiträuber sind immer unsere Gedanken. Du selbst entscheidest, was wirklich wichtig ist – niemand sonst.

316 Deine Me-Time vorbereiten

Manchmal ergeben sich im Alltag gute Möglichkeiten, um endlich etwas Zeit für sich selbst zu haben. Die Familie ist mit Freunden unterwegs. Endlich Zeit für uns! Doch wie oft passiert es, dass wir die frei gewordene Zeit für Hausarbeiten, lästige Büroarbeiten oder doch für TV und Co. nutzen? Das frustriert und stimmt unzufrieden. Meist liegt es daran, dass wir gar nicht auf diese „freie Zeit" vorbereitet sind. *Lege dir eine Liste dazu an, was du in dieser Zeit für dich tun möchtest.*

VON DER VERÄNDERUNG ZUR GEWOHNHEIT

 # 317 Unser stärkster Erfolgsbremser ist unser Gehirn

Wir Menschen sind Gewohnheitstiere und unser Verstand strebt stets nach Bequemlichkeit und Sicherheit. Das Gehirn interessiert sich nicht für Wachstum oder ein möglichst erfülltes Leben. Denn jede Veränderung kostet Energie und ein Leben im Automatismus verbraucht deutlich weniger Energie. Das ist auch zu einem gewissen Anteil gut, denn ansonsten würden wir bereits am Morgen von den ganzen Eindrücken total überwältigt sein.[77] Aus Angst vor dem Neuen oder auch vor den Risiken gehen wir jedoch der Veränderung oftmals lieber aus dem Weg. Doch leider verpassen wir dadurch viel zu oft das eigentliche Glück. *Will ich wirklich glücklich sein und nehme die damit verbundenen Herausforderungen an?*

 # 318 Wie uns unser Gehirn unterstützen kann

Die Wissenschaft weiß heute: Unser Gehirn lässt sich im Laufe des Lebens durch regelmäßige Wiederholung verändern.[78] Das Gehirn greift auf altbewährte und bekannte Muster zurück. Also auch auf das, woran du oft denkst – denn darauf hat dein Gehirn am schnellsten und einfachsten Zugriff. Daher ist es so hilfreich, dich regelmäßig mit nährenden und positiven Emotionen und Bildern zu unterstützen, dich zum Beispiel täglich mit deiner Vision zu verbinden. Diese gibt dir Kraft und Antrieb für die Veränderung, denn die hervorgerufenen Emotionen wirken wie Dünger für unsere neu auszubildenden Nervenbahnen (= neue Verhaltensgewohnheiten).

319 Vertrag mit dir selbst

Glaubst du daran, deine Wünsche und Ziele erreichen zu können? Eine glasklare Ausrichtung und der felsenfeste Glaube sind das einfachste und sicherste Erfolgsrezept für Veränderung. Frage dich: Warum möchte ich das erreichen? Wofür ist es gut? Wie will ich mich fühlen? Dein Ziel sollte Begeisterung in dir hervorrufen. *Bedenke: Die Motivation lässt dich starten, und erst die Gewohnheit führt dich zu dem Erfolg deiner Veränderung.*

320 Hab Geduld mit dir

Eine der größten Blockaden auf unserem Weg zu unseren Herzenswünschen ist die Ungeduld. Doch wenn du dich einmal in der Natur umschaust, wirst du eines feststellen: Alles wächst in einem unterschiedlichen Tempo. Bäume brauchen oft Jahrzehnte, um ihre stattliche Größe zu erreichen. Blumen hingegen benötigen manchmal nur ein paar Tage oder Wochen, um in ihrer vollen Pracht zu erblühen. Wir wachsen alle auf unterschiedliche Weise und das ist gut und richtig. Das alles darf sein. Daher ist es okay, in deinem Tempo zu gehen – in kleinen Schritten, aber kontinuierlich.

321 Rückschritte sind auch Zielschritte

Es wird Momente geben, in denen würdest du am liebsten wieder umkehren und dich unter der Decke verkriechen. Dann wird es Zeiten geben, da passiert vieles ohne dein aktives Zutun. Manchmal kann ein Rückschritt auch bedeuten, dass du dich mit einem Thema noch einmal intensiver beschäftigen darfst. Aber sind wir dieses ganze Auf und Ab als Mama nicht eh schon gewöhnt?

 # 322 Kleine Schritte, große Wirkung
Beginne mit kleinen Schritten, anstatt dich gleich zu Beginn zu überfordern. Denn das würde dir sonst jegliche Motivation und Lust rauben. Beginne mit einer Veränderung am Tag. Brich große „Ziele", wie den Wunsch nach „mehr Zeit für dich", in kleine, konkrete Teilziele herunter, indem du beispielsweise ganz konkret pro Woche einen Abend nur für dich alleine planst und durchführst. Du wirst sehen, selbst die Fünf-Minuten-Yoga-Einheit am Morgen macht einen Unterschied. Es ist der kleine Stein, der die Lawine ins Rollen bringt.

 # 323 Setze deine Veränderungsschritte baldmöglichst um
Jenes Vorhaben, das du innerhalb der nächsten Tage umsetzt, wird eine vielfach höhere Erfolgsrate haben, als wenn du das Ziel „irgendwann" angehst. Statt zu warten, bis du endlich mehr Zeit hast, mache es heute direkt, nicht erst nächste oder übernächste Woche. Selbst wenn du nur den ersten Schritt in die richtige Richtung gehst. Tue es. Denn Tun ist wie wollen – nur viel krasser.

 # 324 Veränderung mit Alltäglichem verbinden
Wenn du etwas in deinem Alltag verändern möchtest, verbinde es mit Dingen, die du eh schon machst. So kannst du dich beispielsweise, anstatt das Wasser hastig herunterzuschlucken, dafür hinsetzen und dir bewusst Zeit dafür nehmen. Wenn du dir die Zähne putzt, kannst du fünf Dinge aufzählen, die du an dir gut findest. Bevor du das Haus verlässt und gewohnheitsgemäß in den Spiegel schaust, wirf dir ein liebevolles Lächeln zu.

325 Unterbrich deine Muster

Wenn du beispielsweise liebevoller mit dir umgehen möchtest, dann „ertappe" dich genau in den „kritischen" Momenten und erinnere dich an das, was du dir vorgenommen hast. Das kannst du machen, indem du dir beispielsweise ein innerliches „Stopp" sagst oder dich mit den Händen an den Armen abklopfst, als wolltest du dich selbst in den Arm nehmen. Nur das Bewusstsein unterbricht den Automatismus. Erst dann kannst du neue Strategien anwenden.[79]

326 Lass dich unterstützen

Erzähle deinen Lieblingsmenschen von deinem Vorhaben und bitte sie um ihre Unterstützung. Wenn du beispielsweise wieder einmal kurz davor bist, über deine Grenzen zu gehen, könnte dich beispielsweise dein/e Partner/in liebevoll an deine Ziele erinnern.

327 Feiere jeden noch so kleinen Erfolg

Alte Muster zu durchbrechen und dein Gehirn neu zu vernetzen, ist nicht selten verdammt harte Arbeit. Umso wichtiger ist es, regelmäßig auf deine (Teil-)Erfolge zurückzublicken. Zoome dich wie eine Drohne aus dir heraus und blicke auf dich. Was hast du bereits geschafft? Wie fühlt sich das an? Feier dich selbst – für jeden kleinen Fortschritt.

UMGANG MIT WIDERSTÄNDEN

 # 328 Plane Ungeplantes ein

Insbesondere im Mama-Alltag passieren schnell unerwartete Dinge. Der Babysitter fällt aus oder das Kind spuckt sich die Seele aus dem Leib. Das langersehnte Paar-Date ist geplatzt. Statt frustriert aufzugeben, plane daher derartige „Zwischenfälle" bewusst ein. Pausiere dein Zielvorhaben. Vielleicht ist es auch möglich, dein Ziel für diesen einen Abend anzupassen? Statt Kinobesuch gibt es das Heimkino? Dem Bedürfnis nach gemeinsamer Zeit mit deinem Partner oder deiner Partnerin kannst du auch zu Hause nachkommen. Bedenke: *Es geht mehr um das Gefühl hinter dem Ziel anstatt um das Ziel selbst.*

 # 329 Übung: Team innerer Widerstand kennenlernen

Wir gehen doch nicht zur Yogastunde, obwohl wir wissen, dass uns diese guttun würde. Wir führen doch nicht das wichtige Gespräch mit unserem/unserer Partner/in, obwohl wir eigentlich wissen, dass dieses von großer Bedeutung wäre. Stattdessen flüchten wir uns in Ausreden. Einmal ist es das Wetter, das andere Mal sind es die Kinder, die so anstrengend waren. Oder es ist die Müdigkeit, die uns davon abhält, uns noch einmal aufzuraffen. Frage dich: *Was könnten deine möglichen „Ausflüchte" sein? Schreibe dir bitte alle möglichen Gedanken auf.*

330 Warum kommt es zu inneren Widerständen?

Wir alle haben unterschiedliche Persönlichkeitsanteile in uns. Es gibt Anteile/Gedanken in uns, die wünschen sich nichts sehnlicher, als endlich in die Veränderung zu kommen. Dann gibt es Persönlichkeitsanteile in uns, die lieber alles beim Alten belassen würden, vielleicht sogar Angst vor Veränderung haben. Das tun sie nicht aus Boshaftigkeit, jedoch sind sie aufgrund ihrer Erfahrungen felsenfest davon überzeugt, dass Veränderung nicht der richtige Weg sei.

331 Was das für die Erreichung unserer Herzenswünsche bedeutet

Solange wir einige dieser Persönlichkeitsanteile ignorieren, werden sie allerdings jeglichen Erfolg sabotieren und gegen uns arbeiten. Das ist vergleichbar mit einer Bootstour, die du machen möchtest. Solange die einzelnen Personen im Boot in unterschiedliche Richtungen rudern, drehst du dich im Kreis und kommst nur schwer von der Stelle. Und irgendwann, wenn die Kraft ausgeht, übernimmt wieder die Gewohnheit das Ruder und du entfernst dich wieder von deinem langersehnten Ziel.

332 Was kannst du tun?

Tritt mit diesen „inneren Widerständen" in Kontakt. Nimm Kontakt zur „Kritikerin", zum „inneren Schweinehund" oder auch zu dem „ängstlichen Kind" auf. Stelle dir vor, du sitzt mit ihnen an einem Tisch und hältst mit ihnen eine Konferenz ab. Was haben sie zu sagen? Was ist ihre positive Absicht? Was glauben sie? Was brauchen sie? Zum Schluss geht es darum, eine Lösung *zum Wohle aller* zu finden. Das könnte beispielsweise funktionieren, indem du dem „ängstlichen Kind" erklärst, dass dein/e Partner/in es nicht „auffressen" wird. Oder du verhandelst mit dem Faulenzer, dass du es dir nach der Yogastunde gemütlich machen wirst.

Alltagstaugliche Routinen entwickeln

 # 333 Neue Routinen etablieren
Auch wenn du ein sehr spontaner Mensch bist, helfen dir Routinen dabei, Veränderungen zu Gewohnheiten zu machen. Routinen sollten Vorfreude erwecken. Nimm aber bitte Abstand davon, den Tag streng durchzutakten, denn das wäre kontraproduktiv und würde sehr schnell zu Langweile und zu einer gewissen „Starre" führen.

 # 334 Morgens entscheidet sich oftmals der ganze Tag
Wusstest du, dass der Morgen die Grundfrequenz des Tages ansetzt? Sie entscheidet bereits, wie wir durch den Tag gehen und worauf wir unseren Fokus richten. Beginnen wir unseren Tag mit Eile und Hektik, ist unser Nervensystem bereits jetzt schon im Alarmzustand und setzt Stresshormone frei. Frage dich: *Wie will ich mich heute fühlen? Damit setzt du eine Intention, die den ganzen Tag über wirkt.*

 # 335 Morgenroutine-Ideen für den Start in einen freudvollen Tag

- 15 Minuten früher als sonst aufstehen
- Kurze Bewegungs-/Yoga-/Meditationseinheit
- Ein Glas lauwarmes Wasser mit Zitrone trinken
- Self-Check: Wie geht es mir gerade? Wie möchte ich

mich heute fühlen? Was kann ich tun, um mich heute so zu fühlen?

 # 336 Abendroutine-Ideen für einen positiven Abschluss des Tages

- Den Tag mit etwas Entspannendem ausklingen lassen
- Self-Check: Was habe ich heute gelernt? (auch eine schöne Frage für die Einschlafbegleitung der Kinder)
- Für was bin ich dankbar? Für was erkenne ich mich heute an?
- Wen liebe ich? Wer liebt mich?

Auf deiner Reise in ein glückliches und zufriedenes Mama-Leben hast du vermutlich schon sehr viele neue Erkenntnisse hinzugewonnen. Vielleicht bist du deinem Ziel bereits jetzt schon ein gutes Stück näher gekommen? Du hast gelernt, wie unglaublich wichtig die Beziehung zu dir selbst ist, was deine Bedürfnisse sind und wie du sie erfüllen kannst. Du kennst deine Kraftquellen und weißt nun, wie wichtig ein nährendes Umfeld für dich ist. Darüber hinaus hast du viele wertvolle Impulse erhalten, um deinen Mama-Alltag zu vereinfachen. Doch wie bei jeder Reise kann es auch mal etwas anstrengender werden. Dann ist es wichtig, einen kühlen Kopf zu bewahren. Wie du das hinkriegst, das wollen wir im nächsten Kapitel beleuchten.

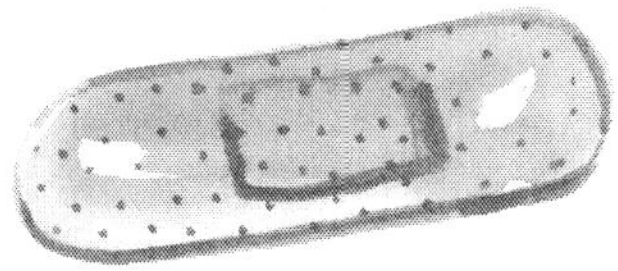

KAPITEL 4

Wenn die Reise mal holprig wird –
konkrete SOS-Tipps bei akutem Stress

WAS STRESS BEDEUTET

337 Was bei Stress im Körper passiert

Wusstest du, dass Stress eine ganz natürliche Reaktion des Körpers auf eine (mögliche) Gefahrensituation ist? Stuft unser Gehirn eine Situation als „Bedrohung" ein, werden in Sekundenschnelle Stresshormone wie Cortisol, Noradrenalin und Adrenalin ausgeschüttet. Sie sorgen dafür, dass unser Körper in Alarmbereitschaft versetzt wird. Der Pulsschlag erhöht sich, das Herz schlägt schneller und der Blutzuckerspiegel steigt rasant an.[80] Alle Kräfte werden mobilisiert, um einer (möglichen) Bedrohung zu entkommen.

338 Ein Überbleibsel aus der Urzeit

Auch wenn es heutzutage kaum mehr freilaufende, gefährliche Tiere gibt, reagiert unser Gehirn ähnlich auf Stress wie in früheren Zeiten. Es handelt sich allerdings um einen sinnvollen Automatismus.[81] Denke nur einmal an das Autofahren: In einer akuten Gefahrensituation bleibt keine Zeit, darüber nachzudenken, ob die Reaktion nun sinnvoll ist oder nicht.

339 Permanenter Stress und seine Folgen

Wir stehen im Stau und das macht uns großen Druck, weil wir wissen, dass der Kindergarten bald schließt. Wir müssen den Alltag umorganisieren, weil das Kind plötzlich krank geworden ist. Mit Kindern läuft der Tag deutlich chaotischer und ungeplanter ab. Dadurch laufen wir ständig Gefahr, in neue Stresssituationen zu geraten. Das entzieht unglaublich viel Energie. Durch diese permanente Habachtstellung fällt es uns viel schwerer, in die Entspannung zu kommen und unseren Energietank aufzufüllen.

340 Verhaltensreaktionen in akuten Stressmomenten

Befinden wir uns in einer akuten Stresssituation, in der unsere Bewältigungsstrategien nicht mehr ausreichen, können wir oft nicht mehr vernünftig reagieren. Nicht selten fühlen wir uns von der Situation überfordert. Dadurch kommt es zu einer Art „Kommunikationsabbruch" zwischen Körper und Geist. Das Gehirn schaltet dann in den Überlebensmodus. Dieses kennt nur noch drei Verhaltensreaktionen: *kämpfen, fliehen, erstarren.*[82] Das erklärt, warum wir manchmal in Stresssituationen so „außer uns" sind und somit tendenziell zu impulsiven, unüberlegten Handlungen neigen.

341 Wie wir reagieren

Wir beginnen zu meckern, zu schimpfen, werden laut, manchmal sogar aggressiv. Vielleicht verlassen wir auch fluchtartig den Raum, weil wir die überkommenden Gefühle nicht mehr aushalten können. Manchmal passiert es auch, dass wir gar keine Worte mehr für das finden, was gerade passiert, und es folglich einfach nur noch über uns „ergehen" lassen. *Bitte verstehe: In diesen Momenten arbeitet dein Körper nicht gegen dich, sondern er möchte dich durch jenes Verhalten lediglich vor Gefahr „beschützen".*

342 Was Stress auslöst

Was dein System als „bedrohlich" einstuft, hängt vor allem von deinen Erfahrungen und den damit verbundenen Erwartungen, Glaubenssätzen und Überzeugungen ab. Aber auch genetische Komponenten spielen dabei eine nicht ganz unwesentliche Rolle.[83] Das bedeutet: *Jeder von uns hat ein eigenes Stresstoleranzfenster und reagiert dementsprechend auf Belastungen anders.* Wenn aber der Energietank leer ist, reichen oft schon wenige Reize aus, um das Fass zum Überlaufen zu bringen. Das kann das Kind sein, das nach einem langen, anstrengenden Tag einfach nicht einschlafen will, oder der Pubertierende, der keine Lust hat, sich an jegliche Abmachungen zu halten.

VORSORGE FÜR AKUTE STRESSSITUATIONEN

 # 343 Was ist dein Stressreaktionsmuster?

Um auf Dauer stressauslösende Situationen zu reduzieren, helfen dir die vielen Impulse aus dem Kapitel 2 und 3. Dennoch ist es wichtig, deine Stressoren zu identifizieren, um Stresssituationen so gut wie möglich vorzubeugen. Ergänze folgende Sätze:

- Ich gerate in Stress, wenn ... (Auslöser)
- Ich setze mich selbst unter Stress, wenn ... (Motive, Einstellungen, Haltung)
- Wenn ich im Stress bin ... (Stressreaktion)
- Wie kann ich jene Situation abmildern/ihr vorbeugen? (z. B. frühzeitig das Schwimmbad verlassen, bevor die Kinder müde werden, oder mehr Zeit beim Anziehen einplanen)

 # 344 Einen „Notfallkoffer für das Herz" vorbereiten

Diese Box soll dir in Momenten der absoluten Erschöpfung Kraft schenken. Es ist der Notfallkoffer für dein Herz, auf den du immer Zugriff hast, wenn es dir schlecht geht. Dort verstaust du alles, was dir schon einmal geholfen hat, als es dir schlecht ging. Das kann eine schöne Meditation sein, ein wertvolles Erinnerungsstück, eine aufmunternde Postkarte oder eine Liste mit Personen, die du auch nachts um zwei Uhr anrufen kannst. Vielleicht ist es aber auch ein Duft, der dich an einen schönen Moment in deinem Leben erinnert, oder ein Song, der dich auf eine gewisse Art und Weise fühlen lässt.

Einen kühlen Kopf bewahren - auch in akuten Stressmomenten

 # 345 Wie bleibe ich bei mir?

Wenn dein Kind mal wieder nicht nach Hause möchte oder keine Lust hat zu lernen: In diesen Momenten fällt es besonders schwer, bei sich zu bleiben. Ruhig und gefasst zu bleiben, gelingt am besten, wenn du deine Automatismen durchbrichst und dich nicht reflexartig in Handlungen oder Gedankenspiralen verlierst. Dafür ist es wichtig, die Stressmomente als solche rechtzeitig wahrzunehmen. Anzeichen dafür könnten sein: Unwohlsein, Ängstlichkeit, Unsicherheit, allmählich ansteigende Wut.

 # 346 Wie kann ich bloß besser reagieren?

Fallbeispiel aus der Praxis: Emilia ist Mama eines zweijährigen Sohnes. Ihr Sohn hat regelmäßige Wutanfälle, die sehr lange andauern. Emilia ist sehr verzweifelt, weil das Schreien des Sohnes für sie nicht auszuhalten ist. Weil sie sich nicht anders zu helfen weiß, beginnt sie ebenfalls zu brüllen, was sie hinterher immer sehr bereut. Sie wünscht sich so sehr, anders zu handeln. Vielleicht kennst du auch derartige Situationen.

 # 347 Wenn Kinder toben, schreien, brüllen

Auch wenn unser Wahrnehmungssystem wütende und gereizte Kinder oftmals als „Angriff" interpretiert, sind Kinder nicht gegen uns. Doch da unser Gehirn das Verhalten als Bedrohung interpretiert, landen wir schnell einmal in unserem

Überlebensmodus. Sehr oft steckt hinter dem Verhalten unseres Kindes auch Übermüdung, Überforderung oder Hunger. Letztendlich verfolgt ihr ein gemeinsames Ziel: Ihr beide wollt eure Grenzen wahren. Behalte daher auch immer die „Belastungsgrenzen" der Kinder im Auge.

 # 348 Automatismus unterbrechen

Hast du den Stressmoment als solchen identifiziert, ist Handeln angesagt. Dadurch gelingt dir der bewusste Ausstieg aus deinem „Überlebensprogramm". Am besten erreichst du das, indem du etwas Unerwartetes tust. Du kannst dich an deinen Armen abklopfen oder du trittst bewusst einen Schritt zurück. Eine andere Möglichkeit wäre es, dich in der Umgebung bewusst umzusehen und dir innerlich fünf Dinge aufzuzählen, die du gerade siehst. Dadurch lenkst du die Aufmerksamkeit auf andere Dinge und das verschafft dir Zeit, dich neu zu sammeln.

 # 349 Wenn gar nichts mehr geht

Wenn es gar nicht mehr geht, verlasse für ein paar Momente den Raum. Gehe dafür an einen Ort, der so wenig Reize wie möglich aussendet. Teile deinen Kindern mit, dass du dich kurz sammeln musst und gleich zurückkehrst. Schließe die Augen und atme einige Male tief ein und aus. Achte ganz besonders auf die Ruhe um dich herum. Sage dir: „Alles geht vorbei, auch das hier." Lade so für einen kurzen Moment deine Batterie wieder auf. Wenn du noch ganz kleine Kinder hast, solltest du allerdings dafür sorgen, dass jemand anderes bei ihnen ist!

 # 350 Wohin mit der ganzen Wut?
Nicht selten werden wir wütend auf das Kind, auf die Situation oder auf uns, weil wir wieder nicht so reagiert haben, wie wir das eigentlich wollten. Wut stellt dir die Energie zur Verfügung, um dich abgrenzen zu können, um zu sagen: „Hey stopp, bis hierher und nicht weiter." Um die Wut zu „verdauen", hilft es, diese durch Bewegung zu lösen.

 # 351 Übung: Der Wut davonlaufen
Setze dich auf einen Stuhl. Beginne nun, mit den Füßen so schnell wie möglich zu laufen. So, als wolltest du um dein Leben laufen. Du kannst dir auch in Gedanken vorstellen, zu einem lieben Menschen oder zu einem schönen Ort zu laufen. Mache das zehn Sekunden lang. Wiederhole diese Übung so lang, bis du merkst, dass es dir besser geht.

 # 352 Bewegung hilft
Im Grunde genommen hilft alles an Bewegung, um Spannung und Emotion abzubauen. Mit den Kindern an die frische Luft gehen, eine Runde um den Block drehen oder im Wohnzimmer zu deiner Lieblingsmusik tanzen: Dadurch fährt dein Nervensystem herunter und bringt dich in einen entspannten Zustand zurück.

 # 353 Übung: Die 4-7-8-Atmung
Diese Atemübung gilt als natürliches Beruhigungsmittel für unser Nervensystem. Sie hilft dir, deinen Körper und Geist zu entspannen, und eignet sich besonders gut für Stresssituationen.

- Atme mit sanft geschlossenen Lippen durch die Nase ein und zähle innerlich bis 4
- Halte die Luft an und zähle bis 7
- Atme nun geräuschvoll durch den Mund aus und zähle dabei innerlich bis 8
- Wiederhole diese Übung bis zu viermal

 # 354 Verändere gedanklich die Szene

Wenn du wieder einmal im Stau stehst und das Kind zu quengeln anfängt, kannst du Folgendes probieren: Verändere einmal gedanklich die Szene, in der du dich befindest. Statt im Auto stellst du dir vor, du bist gerade am Strand. Die Sonne scheint vom Himmel, du hörst das Meer rauschen und riechst die salzige Luft. Dem stänkernden Kind gibst du eine piepsige Mäuse-Stimme. Du wirst sehen, dass du dadurch besser bei dir bleiben kannst und dich das Verhalten deines Kindes weniger tangiert.

HILFE, ALLES IST GERADE ZU VIEL

 # 355 Wenn zu viel auf dich einwirkt

Wenn dir mal wieder die Aufgaben über den Kopf wachsen, dann lege einen kurzen, bewussten Stopp ein und frage dich: Muss ich das unbedingt jetzt machen? Würde es mein Umfeld vielleicht auch verstehen, wenn ich das jetzt nicht mache? Oder könnte vielleicht jemand anderes diese Aufgabe übernehmen? Oder ist das nur mein eigener Anspruch an mich selbst?

 # 356 Übung: Was ist wirklich wichtig?

Manchmal kommt es vor, dass die ganze Welt gleichzeitig etwas von dir will. Die Kinder zerren an dir, das Telefon klingelt, der/die Partner/in ruft etwas durch die Wohnung. Dann hilft dir folgende Übung:

- Nimm dir kurz Zeit und schließe für einen Moment die Augen
- Lege deine Hand auf dein Herz, atme ein paar Mal ein und aus
- Frage dich: *Was ist jetzt in diesem Moment wirklich wichtig?*

 # 357 Übung: Bleibe im Zentrum des Sturms

In hektischen, chaotischen Momenten, wo vieles auf uns einprasselt, passiert es leicht, dass wir die Orientierung verlieren. Es fühlt sich an, als würde man in einem großen Sturm stehen, der einem den Boden unter den Füßen wegzieht. Doch mache es wie bei einem Wirbelsturm: Im Auge, also in der Mitte des Sturmes, ist es nämlich weitgehend windstill. Das schaffst du, indem du die Füße auf der Erde spürst und dich mit deinem Inneren verbindest. Sage dir: „Je lauter es um mich herum ist, desto ruhiger wird es in mir."

 # 358 Übung: Wurzeln wachsen lassen

In Stresssituationen fühlen wir uns oftmals „außer uns". Diese Übung soll dir helfen, dir Halt und Stabilität zu geben: Stelle dich breitbeinig auf und stelle dir vor, wie aus deinen Füßen große, dicke Wurzeln in den Boden wachsen. Visualisiere, wie du deinen ganzen Stress abfließen lässt und gleichzeitig neue Energie aus dem Boden aufnimmst. Du wirst sehen, bald wirst du dich ruhiger, klarer und fokussierter fühlen.

WENN DER ENERGIETANK LEER IST

 # 359 Was würde dir deine beste Freundin jetzt raten?
Insbesondere wenn es uns nicht gut geht und uns jegliche Kraft fehlt, fühlt es sich sprichwörtlich so an, als würden wir den Wald vor lauter Bäumen nicht mehr sehen. Ob dies oder jenes – wir verlieren jegliche Orientierung. Da hilft es, mal aus der ganzen Situation auszutreten. Nimm einmal die Perspektive einer guten Freundin ein und blicke auf dich selbst: Was würdest du dir jetzt selbst raten? *Schreibe deine Ideen auf und du wirst sehen, bald wird der Blick wieder klar.*

 # 360 Raus aus der Lethargie
Gerade in stressigen Phasen neigen wir dazu, die Dinge zu machen, die unseren Frust, Unmut und Stress noch verstärken. Wir sitzen vor dem Fernseher oder lassen uns vom Internet oder von den sozialen Medien berieseln. Für eine kurze Zeit spricht auch nichts dagegen. Doch letztendlich verstärkt Ablenkung unsere Energielosigkeit. Um dich besser zu fühlen, hilft es, aktiv zu werden. Frage dich: *Was tut dir gerade wirklich gut?* Lege dir beispielsweise eine Playlist mit deinen Lieblingssongs an, drehe ein paar Runden um den Block oder rufe eine gute Freundin an.

 # 361 Übung: Ein Glücksmoment aus deinem Leben
Schließe deine Augen und denke aktiv an einen Moment in deinem Leben, in dem du einfach nur glücklich und entspannt gewesen bist. Was hast du erlebt? Was hast du gehört?

Welchen Duft hast du wahrgenommen? Spüre das Gefühl von damals, lasse es sich über den ganzen Körper ausbreiten wie eine Sonne, die dich von innen heraus wärmt und ihre Strahlen über den Körper erstreckt. Du wirst sehen, es wird dir augenscheinlich besser gehen. Tauche auch tagsüber immer wieder in dieses Gefühl ein.

 # 362 Übung: Die Dusch-Meditation

Stell dir beim Duschen ganz bewusst vor, wie das Wasser alles abwäscht – deine Ängste, deine Sorgen und den ganzen Stress des Alltags. Auch wenn der Tag heute nicht deiner war, sag zu dir: *„Ich habe mein Bestes gegeben, mehr war heute einfach nicht möglich."* Visualisiere, wie die Kraft des Wasserstrahls alle negativen Gedanken, Versagens-, Schuldgefühle und Selbstzweifel herunterwäscht und diese im Abfluss verschwinden. Mache dir das zur Gewohnheit und befreie dich regelmäßig von all dem, was auf deinen Schultern lastet.

 # 363 Du bist stärker, als du denkst

Erinnere dich in schwierigen Zeiten an all das, was du in deinem Leben schon geschafft hast – all das Auf und Ab. Sei stolz auf dich, dass du all die Tage überstanden hast, an denen du dachtest, du kannst nicht mehr. Und dennoch stehst du hier und bist am Leben. Das ist das Einzige, was hier und jetzt zählt. Ziehe daraus deine Kraft und Stärke, um weiterzumachen und mutig nach vorne zu blicken.

 # 364 Wenn gerade alles ausweglos erscheint

Solange wir leben, können uns auch unsere Träume, Wünsche und Ziele neu wachsen lassen. Selbst ein alter Baum, der kreuz und quer abgeschnitten wurde, lässt sich nicht daran hindern, neu auszutreiben. Er bildet einfach neue Ästchen, die sich mit der Zeit zu immer prächtigeren entwickelt. *Vertraue darauf, dass du einen Weg für dich finden wirst.*

365 Mama-Powertalk für mehr Energie und Stärke

Liebe Mama,
du bist eine Kämpferin, eine Beschützerin, eine Mutmacherin, eine Trostspenderin, eine Heldin. Du bist so viel mehr, als du vielleicht gerade selbst von dir denkst. Das alles, was du tagtäglich gibst, ist so unglaublich wertvoll – ob es das, Frühstück für die Kinder ist oder die Tränen, die du deinem Kind sanft von den Wangen wischst. Aber auch du selbst darfst dir immer wieder das holen, was du brauchst, um in deine volle Kraft zu kommen. Verbinde dich hierfür mit der weiblichen Kraft deiner Ahnen. Stell dir vor, wie all deine weiblichen Ahnen, die etwas Gutes für dich haben, hinter dir stehen – deine Mutter, deine Großmütter, deine Urgroßmütter und alle darüber hinaus. Fühle die Verbindung. Spüre, wie dich diese stärkt. Fühle, wie die ganze Fülle der Lebenskraft und Liebe durch alle Generationen bis zu dir fließt. Tanke dich auf, schöpfe Kraft. Du bist einzigartig und wundervoll. Danke, dass es dich gibt.

NACHWORT

Nun sind wir schon fast am Ende unserer gemeinsamen Reise angekommen. Doch auch wenn sich nun unsere Wege trennen, bleiben wir weiterhin verbunden – durch unsere gemeinsame Intention: ein Leben in Fülle und Freude. Nur unsere Wege dorthin sind vermutlich nicht dieselben, denn es gibt nicht das eine Leben oder das eine Ziel – es gibt nur deines. Mir ist bewusst, dass viele Themen, die ich angeschnitten habe, vielleicht weitaus mehr Vertiefung benötigen. Dennoch hoffe ich, dass ich dir einige wegweisende Anregungen, Inspirationen und Werkzeuge an die Hand geben konnte, die dir helfen, dein Leben als Mutter und Frau selbstbewusst und vor allem mit mehr Leichtigkeit und Gelassenheit zu gestalten.

Sicherlich fragst du dich, ob ich immer noch Momente der Erschöpfung oder der Verzweiflung habe. Ja, diese Momente gibt es, aber sie sind weitaus weniger geworden. Wir alle dürfen uns als Lernende und Wachsende begreifen – und das unser Leben lang. Es geht nicht darum, dich zu optimieren, sondern vielmehr darum, das abzustreifen, das dich dabei hemmt, aus deiner ureigenen Essenz heraus zu leben. Dies gelingt, indem du eine tiefe Beziehung zu dir selbst aufbaust und dir ein schönes, inspirierendes Leben – getragen von deinen Werten und Lebensprinzipien – kreierst.

Allerdings geht es nicht nur um die Zielausrichtung und die richtigen Strategien, sondern auch darum, viele Momente bestmöglich zu genießen. Nicht umsonst heißt es auch Frau und Mama SEIN. Gestalte dir daher bewusst Augenblicke des Glücks und der Freude – und das Tag für Tag. Tanke Kraft, vertraue dir und dem Leben und sei dankbar für all das, was in deinem Leben bereits gut ist. Akzeptiere, was sich nicht ändern lässt, und schließe Frieden mit dem, was war. Ansonsten kann es leicht passieren, dass wir eines Tages wehmütig zurückblicken und die schönen Momente tatsächlich verpasst haben, so wie das Glück, das auf uns wartet, das wir aber einfach nicht sehen, hören und fühlen können.

Treffender könnte ich es gar nicht beschreiben: Während ich hier die letzten Zeilen schreibe, genieße ich die einzelnen Sonnenstrahlen, die mich sanft auf der Nase kitzeln, und höre das fröhliche Vogelgezwitscher vor meinem Fenster. Es sind die Ausrichtung hin zu deinen Herzenswünschen sowie die Momente des puren Seins, die dich in deine Balance bringen. Dadurch verändert sich auch deine Ausstrahlung und das wirkt sich auf dein Umfeld aus – auf deine Familie, deinen Freundeskreis, aber auch auf deine Kinder. Sie erleben eine zufriedene und ausgeglichene Frau und Mama. Mehr noch: Du wirst zum bewussten Vorbild, das deinen Kindern aufzeigt, ihre wahren Träume und Sehnsüchte wichtig zu nehmen.

Ich wünsche dir den Mut, immer mehr du selbst zu sein, und denke immer daran: Du musst nicht perfekt sein, denn für die richtigen Menschen um dich herum bist du das bereits.

Alles Liebe für dich

ANJA

ÜBER DIE AUTORIN

Anja Jungbeck ist studierte Sozialpädagogin (B. A.), ausgebildete Coachin für Frauen unc Mamas und Expertin für all die Themen rund um das Mamasein. Sie unterstützt und inspiriert Frauen, ihre alltäglichen Stolperscheine, die zu Stress und Unzufriedenheit führen, wertschätzend und zielgerichtet aus dem Weg zu räumen. In ihrer eigenen Praxis sowie in diversen Seminaren und Workshops ermutigt sie Frauen und Mütter, voller Zuversicht und Selbstvertrauen ihren eigenen Lebensweg zu gehen. Sie steht für eine moderne Form vom Mamasein, die sich selbstbewusst und achtsam mit ihrer Rolle als Mutter auseinandersetzt. Die Themen, die viele Mamas bewegen, kennt sie nur zu gut. Daher liegt es ihr am Herzen, ihr ganzes Wissen und ihre eigenen Erfahrungen weiterzugeben. Sie zeigt, wie es möglich ist, trotz der zahlreichen

Herausforderungen als Frau und Mama ein selbstbestimmtes, energiegeladenes Leben zu führen, ohne sich dabei selbst zu vergessen.

Anja Jungbeck ist Mutter einer Tochter und lebt mit ihrer Familie in der Nähe von München.

Mehr unter: www.anja-jungbeck.de

DANK

Es gibt so viele Menschen, denen ich unglaublich dankbar bin. Zum einen meinem Mann, der bereits vor Jahren an mich geglaubt hat, als ich das noch gar nicht konnte. Danke für all deinen Zuspruch und deine Liebe! Außerdem meiner Tochter, die mir so viel über das Leben beigebracht hat und mich immer wieder zum Staunen darüber bringt, wie einfach das Leben doch sein kann. Zum anderen Danke an euch, Mama und Papa, ohne euch wäre ich gar nicht am Leben. Danke an meine Verlegerin Olesja Garcia, ohne dich wäre dieses Buch gar nicht entstanden. Ich danke euch, Caroline und Mirela, für euren wunderbaren, inspirierenden Austausch. Es ist so schön, dass es euch gibt. Ich danke meinen vielen Klientinnen, die mir stets ihr Vertrauen geschenkt haben und mich durch ihre Geschichten inspiriert haben, dieses Buch zu schreiben. Und ich danke all meinen Mentoren und Mentorinnen, die mich seit Jahrzehnten begleiten. Ohne euch wäre ich nicht da, wo ich heute stehe. Und ich danke dir, liebe Leserin, dass du dieses Buch in den Händen hältst – denn für dich habe ich dieses Buch geschrieben.

Haftungsausschluss

Dieses Buch enthält Meinungen und Ideen des Autors und hat die Absicht, Menschen hilfreiches und informatives Wissen zu vermitteln. Die enthaltenen Strategien passen möglicherweise nicht zu jedem Leser, und es gibt keine Garantie dafür, dass sie auch wirklich bei jedem funktionieren. Die Benutzung dieses Buchs und die Umsetzung der darin enthaltenden Informationen erfolgt ausdrücklich auf eigenes Risiko. Haftungsansprüche gegen den Autor für Schäden materieller oder ideeller Art, die durch die Nutzung oder Nichtnutzung der Informationen bzw. durch die Nutzung fehlerhafter und/oder unvollständiger Informationen verursacht wurden, sind ausdrücklich ausgeschlossen. Das Werk, inklusive aller Inhalte, gewährt keine Garantie oder Gewähr für Aktualität, Korrektheit, Vollständigkeit und Qualität der bereitgestellten Informationen. Druckfehler und Fehlinformationen können nicht vollständig ausgeschlossen werden.

Medizinischer Haftungsausschuss

Die hier dargestellten Inhalte dienen ausschließlich der neutralen Information, Weiterbildung und Unterhaltung. Sie stellen keine Empfehlung oder Bewerbung der beschriebenen oder erwähnten diagnostischen Methoden oder Behandlungen dar. Der Text ersetzt keinesfalls eine medizinische Beratung durch einen Arzt oder Apotheker und er darf nicht als Basis zur eigenständigen Diagnose und Beginn, Änderung oder Beendigung einer Behandlung von Krankheiten verwendet werden. Bei gesundheitlichen Fragen, Beschwerden oder Problemen konsultieren Sie immer Ihren Arzt!

Endnoten

1 Vgl. Stahl, Stefanie; Tomuschat, Julia: „Nestwärme, die Flügel verleiht". Gräfe und Unzer Verlag. München. 1. Auflage 2018, S. 122.

2 Vgl. Imlau, Nora: „Mein Familienkompass". Ullstein Buchverlage GmbH. Berlin. 2. Auflage 2020, S. 34.

3 Vgl. Landsiedel, Stephan: „Way up – den eigenen Traum leben". Wiesentheid. 2. Auflage 2008, S. 9 ff.

4 Mütter heute: Leitbilder, Lebensrealitäten und Wünsche I bpb.de, abgerufen am 16.03.22, 15.01h.

5 Vgl. Mütter heute: Leitbilder, Lebensrealitäten und Wünsche I bpb.de, abgerufen am 16.03.22, 15.01h.

6 Vgl. Klüver, Nathalie: „Die Kunst, keine perfekte Mutter zu sein". Trias Verlag. Stuttgart. 1. Auflage 2018, S. 41.

7 Vgl. Klüver, Nathalie, S. 34–35.

8 Vgl. Der Einfluss sozialer Medien auf die Psyche (aok.de), abgerufen am 21.03.22, 10.45h.

9 Vgl. Psychologie: Die heimliche Macht des Unbewussten - WELT, abgerufen am 19.03.22, 09.32h.

10 Vgl. Landsiedel, Stephan: „Way up – den eigenen Traum leben". Wiesentheid. 2. Auflage 2008, S. 53 ff.

11 Vgl. Stahl, Stefanie; Tomuschat Julia: „Nestwärme, die Flügel verleiht". Gräfe und Unzer Verlag. München. 1. Auflage 2018, S. 72.

12 Vgl. Taibi, Kahler: *„Process Therapy Model: Die sechs Persönlichkeitstypen und ihre Anpassungsformen"*. Kahler Communication – KCG. Weilheim 2008, S. 20 ff.

13 Vgl. Stefanie Stahl: Die Macht negativer Glaubenssätze und wie wir sie ablegen - WELT, abgerufen am 20.03.22, 15.02h.

14 Vgl. Stahl, Stefanie: „So stärken Sie Ihr Selbstwertgefühl". Kailash Verlag. München. 5. Auflage. 2020, S. 22 ff.

15 Vgl. Stahl, Stefanie, S. 100 ff.

16 Vgl. Bust, Astrid Leila: „Weiblichkeit leben". Ellert und Richter Verlag. Hamburg. 7. Auflage 2021, S. 33.

17 Vgl. Der Sinn des Lebens – Ein Interview mit Bestsellerautor Lars Amend (carpe-diem.life), abgerufen am 21.03.22, 12.01h.

18 Vgl. Das 3-zu-1-Positivitätsverhältnis und 10 Möglichkeiten, wie es Ihre Karriere voranbringt (forbes.com), abgerufen am 01.04.22, 9.01h.

19 Vgl. So funktionieren unsere Sinne - [GEOLINO], abgerufen am 01.04.22, 12.00h.

20 Vgl. Charf, Dami: „Die 3 Quellen echten Lebensglücks". Gräfer und Unzer Verlag. München. 1. Auflage 2020, S. 59.

21 Vgl. Narbeshuber, Esther und Johannes: „Mindful Leadership. Wie wir die Führung über unser Leben in die Hand nehmen und uns Gelassenheit zum Erfolg führt." O.W. Barth Verlag. München. 1. Auflage 2019, S. 64–65.

22 Vgl. Die Heilkraft der Berührung - Mein Medizinportal (mein-medizinportal.de), abgerufen am 30.03.22, 15.30h.

23 Vgl. Die Haut ist das größte Sinnesorgan des Menschen (leading-medicine-guide.de), abgerufen am 30.03.22, 15.24h.

24 Vgl. Aromatherapie mit ätherischen Ölen I Apotheken Umschau (apotheken-umschau.de), abgerufen 30.03.22, 16.30h.

25 Vgl. Schlaf: Warum wir ihn brauchen I Stiftung Gesundheitswissen (stiftung-gesundheitswissen.de), abgerufen am 31.03.22, 15.45h.

26 Vgl. Studie: Arbeitspausen fördern Gesundheit und erhöhen Leistung I Sonntagsblatt - 360 Grad evangelisch, abgerufen am 30.03.2022, 18.00h.

27 Vgl. Draxler, Tanja: „Lebe wild, verrückt & wunderbar". Trias Verlag. Stuttgart. 1. Auflage. 2020, S. 75 ff.

28 Vgl. Bust, Leila, S. 19.

29 Vgl. Bust, Leila, S. 38.

30 Angelehnt an Bust, Leila, S. 168.

31 Vgl. Charf, Dami, S. 123.

32 Vgl. Bedürfnishierarchie • Definition I Gabler Wirtschaftslexikon, abgerufen am 06.04.22, 12.05h.

33 Vgl. Imlau, Nora: „Mein Familienkompass". Ullstein Buchverlage GmbH. Berlin. 2. Auflage 2020, S. 163.

34 Vgl. Charf, Dami, S. 124.

35 Vgl. Bust, Leila, S. 51.

36 Vgl. Imlau, Nora, S. 172.

37 Vgl. Charf, Dami, S. 98.

38 Vgl. Imlau, Nora, S. 169.

39 Vgl. Stahl, Stefanie; Tomuschat, Julia, S. 133.

40 Vgl. Charf, Dami, S. 70.

41 Vgl. Molina, Alexandra: „Soulfulness – Aus ganzer Seele leben". Schirner Verlag. Darmstadt. 1. Auflage 2021, S. 106.

42 Vgl. Perry, Philippa: „Das Buch, von dem du dir wünscht, deine Eltern hätten es gelesen". Ullstein Buchverlage. Berlin. 3. Auflage 2020, S. 67.

43 Vgl. Charf, Dami, S. 67–68.

44 Vgl. Draxler, Tanja, S. 42 ff.

45 Vgl. Draxler, Tanja, S. 44.

46 Vgl. Draxler, Tanja, S. 104.

47 Vgl. Molina, Alexandra, S. 27.

48 Vgl. Hutter, Daniela: „Das Yin Prinzip". Goldmann Verlag. München. 5. Auflage 2016, S. 188.

49 Vgl. Hutter, Daniela, S. 186.

50 Vgl. Lachen: Ist Lachen gesund? - Psychologie - Gesellschaft - Planet Wissen (planet-wissen.de), abgerufen am 12.04.22, 11.00h.

51 Vgl. Psychologie - Zwei Stunden Natur pro Woche sind gesund - Wissen - SZ.de (sueddeutsche.de), abgerufen am 15.04.22, 11.00h.

52 Vgl. Betz, Robert: „Willst Du normal sein oder glücklich?". Heyne Verlag. München. 19. Auflage 2013, S. 158.

53 Vgl. Sichtweise auf Leben verändern: „Dankbarkeit erhöht unsere Glücksbilanz" – n-tv.de, abgerufen am 16.04.22, 10.02h.

54 Vgl. Assoziation mütterlicher sozialer Beziehungen mit kognitiver Entwicklung in frühkindlichen | | der kindlichen Entwicklung JAMA Network Open | JAMA Netzwerk, abgerufen am 25.04.22, 13.28h.

55 Vgl. Juul, Jesper: „Liebende bleiben". Beltz Verlag. Weinheim Basel. 1. Auflage 2017, S. 33.

56 Vgl. Mankevich, Maxim: „Soulmaster". Gräfer und Unzer Verlag. München. 1. Auflage 2022, S. 205.

57 Vgl. Betz, Robert, S. 127.

58 Vgl. Juul, Jesper: „Liebende bleiben". Beltz Verlag. Weinheim Basel. 1. Auflage 2017, S. 12.

59 Vgl. Experten definieren 5 Sprachen der Liebe: Welche sprechen du und deiner Partner? I BRIGITTE.de, abgerufen am 23.04.22, 14.00h.

60 Vgl. Perry, Philippa, S. 43.

61 Vgl. 15 typische Erziehungs-Fehler, die uns Eltern allen immer wieder passieren (familie.de), abgerufen am 21.03.22, 12.05h.

62 Vgl. Perry, Philippa, S. 282.

63 Vgl. Erziehung braucht Fehler: Denn wer möchte schon perfekte Eltern? - Mütterberatung (muetterberatung.de), abgerufen am 22.03.22, 14.30h.

64 Vgl. Albert Mehrabians Studien zur nonverbalen Kommunikation I Über das Präsentieren sprechen (speakingaboutpresenting.com), abgerufen am 22.03.22, 15.00h.

65 Vgl. Imlau, Nora, S. 207 ff.

66 Vgl. Stahl, Stefanie: „Das Kind in Dir muss Heimat finden". Kailash Verlag. München. 23. Auflage 2015, S. 208 ff.

67 Vgl. Perry, Philippa, S. 254.

68 Vgl. Juul, Jesper: „Elterncoaching – Gelassen erziehen". Beltz Verlag. Weinheim. 7. Auflage. 2016, S. 296 ff.

69 Die 5 Axiome der Kommunikationstheorie von Paul Watzlawick, abgerufen am 26.0.22, 9.40h.

70 Vgl. Stahl, Stefanie: „So stärken Sie Ihr Selbstwertgefühl". S. 179.

71 Vgl. Stahl, Stefanie: „Das Kind in Dir muss Heimat finden". Kailash Verlag. München. 23. Auflage. 2015, S. 230.

72 Vgl. Stahl, Stefanie: „So stärken Sie Ihr Selbstwertgefühl". S. 199 ff.

73 Vgl. Sator, Günther: „Feng Shui". Gräfe und Unzer Verlag. München. 7. Auflage 2002, S. 27.

74 Vgl. Die dunkle Seite des Zuhauses: Bewertung des „Durcheinanders" von Besitz über das subjektive Wohlbefinden - ScienceDirect, abgerufen am 30.04.22, 10.02h.

75 Vgl. Hohensee, Thomas: „Ganz einfach Zeit haben". dtv premium Verlag. München. 1. Auflage 2016, S. 55.

76 Vgl. Weniger Stress ohne Multitasking I Die Techniker (tk.de), abgerufen am 27.04.22, 14.00h.

77 Vgl. Hohensee, Thomas, S. 119.

78 Vgl. Gehirnplastizität: Ja, Sie können Ihr Gehirn wirklich I verändern Weltwirtschaftsforum (weforum.org), abgerufen am 06.05.22, 12.05h.

79 Vgl. Hohensee, Thomas. S. 119.

80 Vgl. Was ist Stress? I Gesundheitsportal, abgerufen am 30.03.22, 9.46h.

81 Vgl. Was ist Stress? I Die Techniker (tk.de), abgerufen am 30.03.22, 10.05h.

82 Vgl. Charf, Dami. S. 47.

83 Vgl. Was ist Stress? I Gesundheitsportal, abgerufen am 30.03.22, 10.00h.

Printed in Poland
by Amazon Fulfillment
Poland Sp. z o.o., Wrocław

92902287R00112